KB275098

너랑 있으면 행복이 스르르

너랑 있으면 행복이 스르르

규영 X 수기 지음

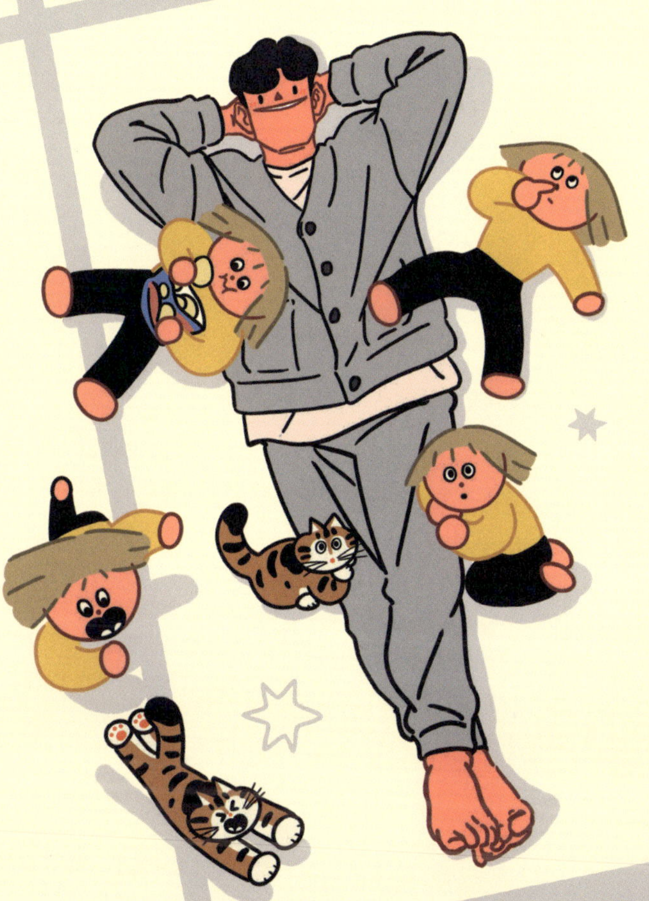

일러스트 작가 부부가 기록한 설렘의 순간들

OTD

내 남편을 소개합니다

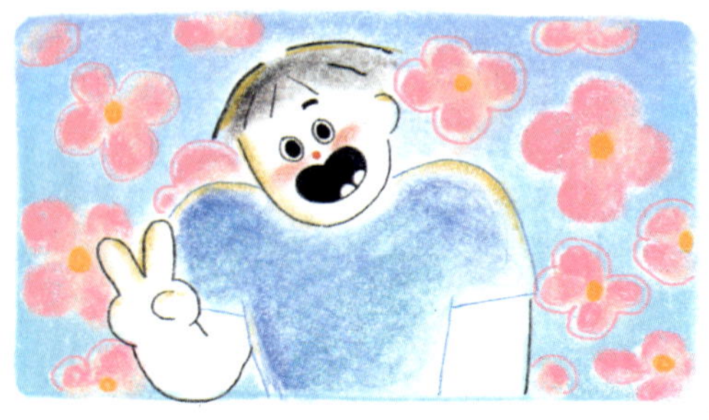

이름: 규영

직업: 일러스트레이터, 작가

성품이 올곧고 다정하며 따뜻하고,
그런 성품 같은 그림을 그려
많은 이들에게 온기를 전하고 있습니다.
수기 다음으로 쌀밥과 농구를 좋아하고,
매운 걸 잘 먹어요.
고양이를 싫어하는 척합니다.
(맨날 몰래 뽀뽀하는 거 다 아는데, 왜지?)
입이 크고 발에 비해 발가락이 짧고,
특기는 '사랑'이에요.

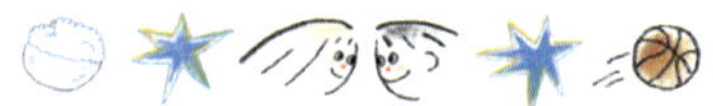

내 아내를 소개합니다

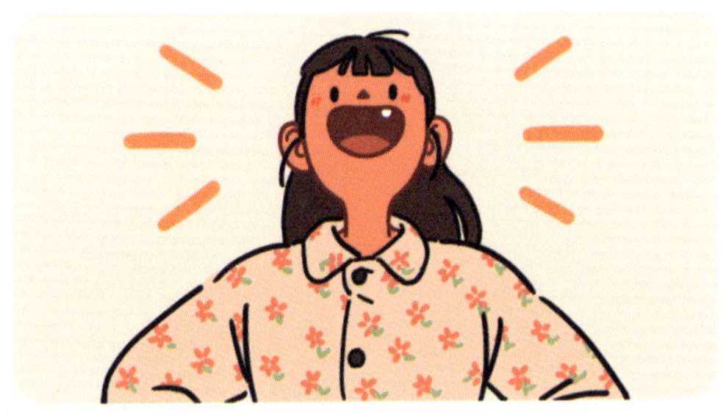

이름: 수기

직업: 일러스트레이터, 타투이스트

호기심이 많고 하고 싶은 게 많은 사람입니다.
사랑이 가득한 사람입니다.
사랑을 주는 법도 받는 법도 아는,
사랑에 온 마음을 쓸 줄 아는 사람입니다.
자기표현에 투명하고 진심으로 사람을 대합니다.
동물과 자연을 아끼고 사랑합니다.
애니메이션 보는 것도 좋아합니다.
입맛이 까다로워 비싸고 맛있는 것을 좋아하지만
다행히 남편이 해주는 음식은 잘 먹습니다.

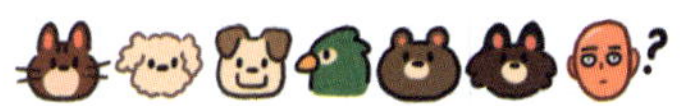

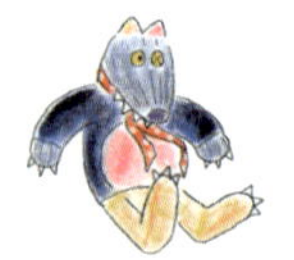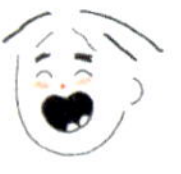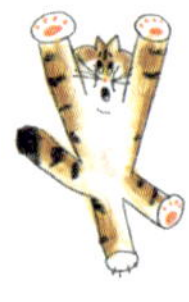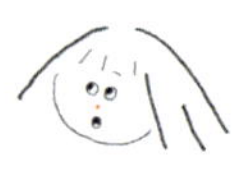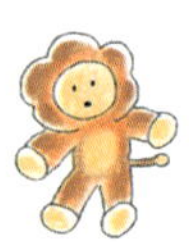

우리 집 귀염둥이를 소개합니다

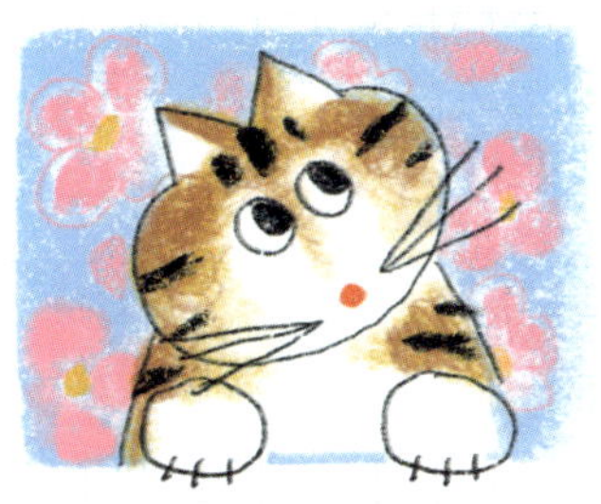

이름: 김치치

직업: 고양이

창문을 열어두면 바깥 소리가 무서워서
놀지 못할 만큼 겁이 많고 섬세합니다.
하지만 엄마에게 무슨 일이 생긴 것 같을 땐
달려와서 야옹거리며 살펴줍니다.
아빠에겐 무슨 일이 있어도
신경 쓰지 않습니다.
(이러면 아빠가 많이 서운해한다고.)
엄마, 자기 털로 만든 털 공, 밥, 츄르를 사랑합니다.

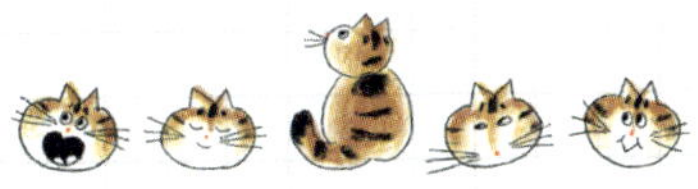

사랑이 스르르, 행복이 스르르

어쩌면 이 책이 당신의 배를 아프게 할지도 모릅니다. '이런 건 다 거짓부렁이야!'라거나 '흔한 사랑 타령이네' 하고 마음을 찌푸릴지도 몰라요. 네, 이해합니다.

하지만 어쩌면, 이 책은 잠이 오지 않는 밤에 따뜻한 우유 한 잔처럼 당신의 마음을 포근하게 보듬어줄지도 모릅니다. '나도 해봐야지' 하고 다정한 미래를 그려보거나 '우리랑 똑같다~' 하고 추억을 방울방울 떠올릴지도 몰라요.

우리는 당신이 후자이길 원하지만, 만약 그렇지 않다 해도 괜찮아요. 제목을 읽고도 이 책을 뒤적이고 있다면 당신의 마음이 사랑을 기대하고 있는 것 아니겠습니까? 흰 눈이 날리는 추운 겨울, 옷깃을 움켜쥐고 걷다 길모퉁이에서 우연히 만난 붕어빵처럼, 운명이라 생각하고 손에 들고 가시길.

네, 이 책은 사랑을 이야기하고 있습니다. 그것도 보통 달콤한 게 아니에요. 당신이 지금까지 먹어본 가장 달았던 디저트를 떠올려보세요. 그것보다 2.5배 정도 달 겁니다. 사랑이 반짝이고 행복이 스르르 스미는 순간과 너무 소소해서 흘릴 뻔한 자그마한 기적을 꼭 붙잡아두었어요. 어쩌면 당신이 전하고자 했지만, 입안에서만 맴돌던 이야기가 적혀 있을 거예요.

머리끝부터 발끝까지 붙어 있는 오늘 하루치의 피로를 뜨끈한 물로 녹이고 몽글몽글 보드라운 거품으로 부드럽게 씻어낸 뒤, 따뜻한 우유나 차를 한 잔 준비해서 당신이 가장 편안한 공간에 앉아 한 조각 읽어보세요.

아직 당신의 하루가 끝나지 않았다면, 손가락을 쭈~욱, 팔을 쭈~욱, 허리를 쭈~욱, 다리를 쭈~욱 한 번씩 펴고 잠시 등을 기대어 한 장, 쉬어가세요.

글의 끝에서 당신이 누군가를 잠시 떠올릴 수 있다면, 이 책은 제 몫을 다한 것입니다. 지금 떠올린 사람은 당신에게 어떤 사람인가요? 떠올리는 것만으로도 당신의 입가에 보드라운 미소를 그려주니, 그 사람과 당신은 정말 행복한 사람이에요.

떠오르는 이가 없다고 해도 실망하지 말아요. 언젠가 눈 맞추며 사랑을 이야기할 날이 올 거예요. 그러면 그때 이 책을 선물해보세요. 그 사람의 웃는 얼굴을 볼 수 있을 거예요. 그리고 저희도 웃고 있을 겁니다. 구매해주셔서 감사합니다. 하하하하.

운이 좋게도 그림 그리는 재주 하나로 책을 펴낼 수 있었습니다. '우리는 그림 그리는 사람이니까, 우리에게 엄청난 글을 기대하고 있진 않을 거야!'라고 생각은 하지만, 그래도 역시 글을 쓴다는 것의 무게가 상당했습니다.
그 무게에 눌려 땅을 뚫고 지하까지 꺼질 뻔한 저희를 끝까지 포기하지 않고 위에서 당기고 아래에서 밀며 책을 펴내게 해주신 편집자 유혜림 님, F83 박진우 대표님, 아크앤북 김명준 부장님, 디자이너 노유진 님께 감사의 말씀 올립니다. 다음엔 더 잘할게요.

무엇보다 저희의 그림을 사랑해주신 분들께 큰 감사를 보냅니다. 그대들 덕분에 이 책이 태어났어요. 《너랑 있으면 행복이 스르르》가 그대의 어떤 날, 디저트보다 더 달콤한 위로와 사랑을 불러올 수 있길. 언제나 그대의 마음에 행복이 스르르 스미길 진심으로 바랍니다.

감사합니다.

규영, 수기 올림

차례

하나. 둘이라서 좋은 날들

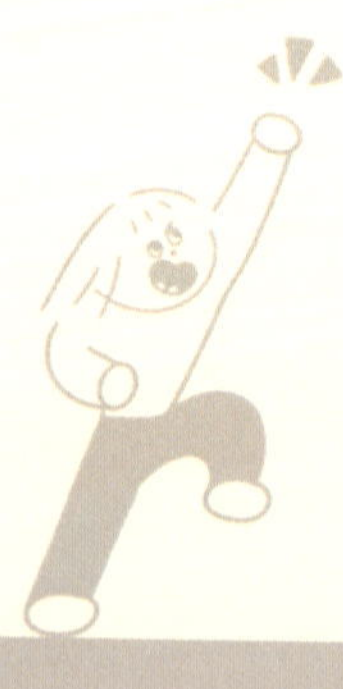

둘. 오래 함께하고 싶어요

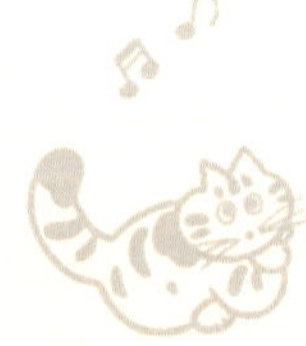

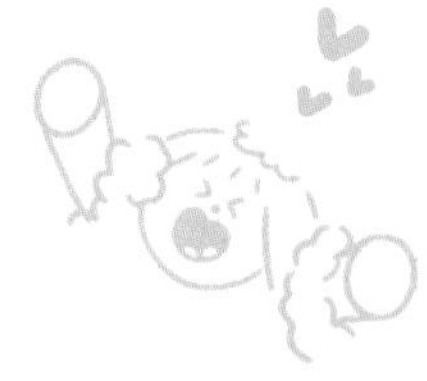

하나

둘이라서 좋은 날들

맛집에 가서 여러 메뉴 동시에 시켜서
둘이 같이 맛볼 수도 있고……

여행 가서 SNS에 올릴 멋진 사진을
서로 찍어줄 수도 있고……

둘이 좋은 이유는 끝도 없어.

그러니 역시 하나보다는 둘이 좋아.

from. 규영

하나보다는 둘

규영

가끔 무서운 꿈속을 숨 가쁘게 헤매고 있으면 거친 숨소리에 잠이 깬 네가 날 깨워주곤 해. 꿈이기는 해도 정말 괴로운데, 네가 구해주면 덕분에 나는 '휴, 살았다' 하며 다시 편히 잠이 들지. 이럴 때 나는 '둘이라서 다행이구나' 하는 생각이 들어.

이뿐만이 아니라 둘이어서 좋을 때는 참 많아. 오래 기다린 끝에 들어간 맛집에서 여러 메뉴를 동시에 시켜서 같이 맛볼 수도 있고, 우리가 좋아하는 소곱창집에 가서 곱창을 다 먹고도 볶음밥까지 시켜서 먹을 수도 있지. 혼자

보기 아까워서 저장해둔 재미있는 영상을 함께 보며 웃을
수도 있고, 여행 가서 SNS에 올릴 멋진 사진을 서로 찍어
줄 수도 있지.

둘이어서 좋은 이유를 말하자면 끝도 없을 것 같아. 물론,
혼자여서 좋은 것들도 많지. 혼자만큼 편한 것도 없다고
생각하니까 말이야. 그래도 둘은 언제든 혼자가 될 수 있
지만, 혼자서는 둘이 될 수 없잖아. 나는 역시 하나보다는
둘이 좋아.

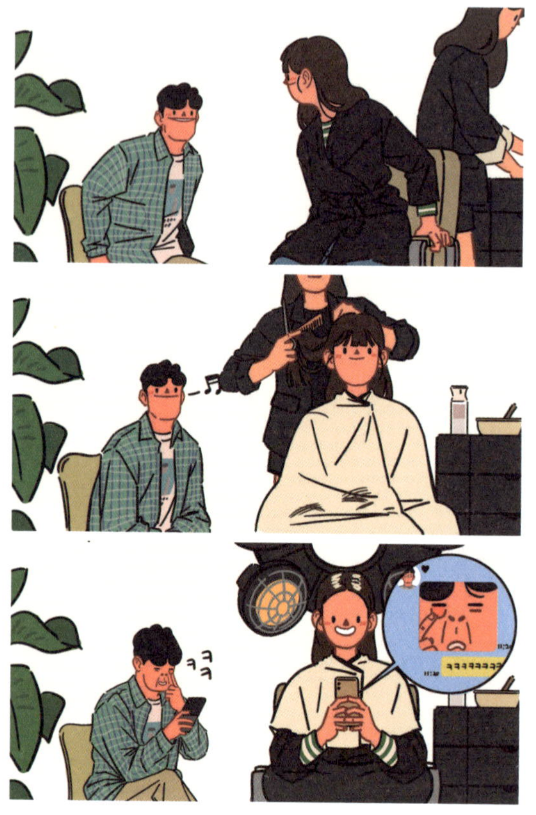
ㅋㅋㅋㅋㅋㅋㅋ

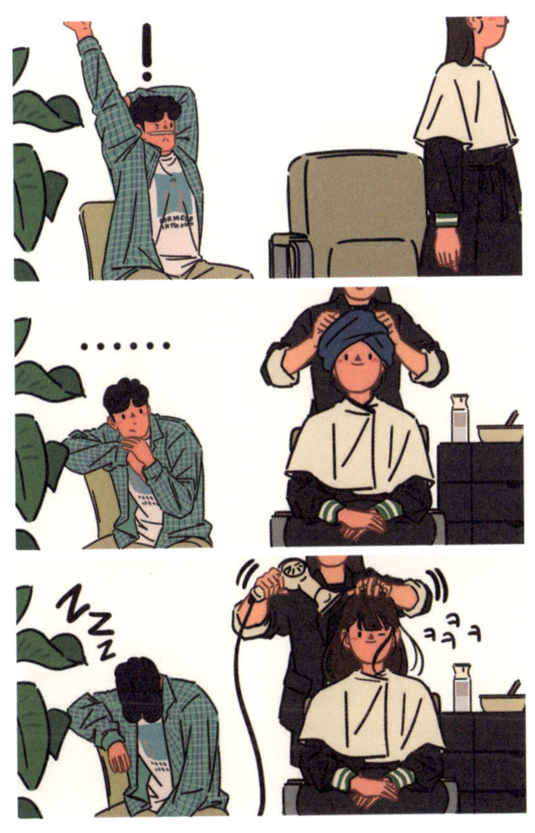

ARMED

네 개의 발자국

수기

그동안 나는 내가 바라보고 있는 방향에 대한
확신을 만들기가 어려워서
망설임이 많은 걸음을 걸어왔어.

그 걸음의 중간에서 너를 만난 거야.

그때 생각했어.
아, 나는 너를 만나려고 이 걸음을 걷고 있었구나.

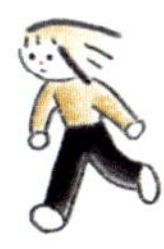

하나. 둘이라서 좋은 날들

그러자 엉킨 발자국도 다 제자리에 있는 듯하고
유독 무거웠던 걸음도 그저 발자국이 되었어.
어느 쪽이 맞는 길인지 걱정하지 않아도 돼.
네 개의 발자국이 함께이니까.

내가 가장 잘한 선택이

너와 함께 걷는 것이라는 건 확실하니까.

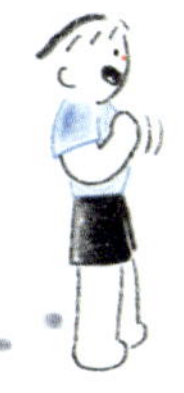
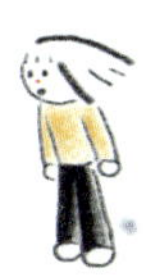

세상에서 1등으로 소중한

규영

일주일에 두 번 체육관에 가서 사람들이랑 농구를 하고 오는데, 집에 와서 샤워하다 보면 언제 다쳤는지도 모를 상처들이 발견될 때가 있어. 아무래도 역동적인 운동이다 보니 어쩔 수 없다 싶지만, 너는 내가 보지 못한 상처들까지 찾아내 속상해하며 잔소리를 늘어놓지. 그럼 나는 '다음에는 다치지 않게 조심해야지' 하고 다짐해.

어느 날은 점프하다 착지하는 과정에서 발목을 크게 접질려서 코트에 쓰러져 딩굴딩굴하고 있었어. 근데 당장 아프고 걷지도 못하는 불편함보다 집에 가서 네게 혼날 걱정부터 되는 거야. '아, 큰일이다' 하고 말이야. 그러고는 혼자 속으로 웃었어. 내 몸 내가 다쳤는데 혼날 걱정부터 하는 게 웃겨서. 사랑하게 되면 이렇게 서로가 서로에게 세상에서 가장 소중한 사람이 되는 것 같아.

가끔 올림픽 때 금메달을 목에 건 선수들을 보면 '와, 세계 1등이라니' 하는 감탄과 함께 정말 멋지고 대단하다는 생각이 들어. 그러면서 문득 '나는 살면서 세계 1등이라는 것을 해볼 수 있을까?' 하는 생각도 해. 근데 우리는 서로에게 세상에서 가장, 그러니까 세상에서 1등으로 소중한 사람이니 이 또한 참 멋진 일이 아닐까 싶어. 나를 소중히 여겨주고 아껴줘서 고마워.

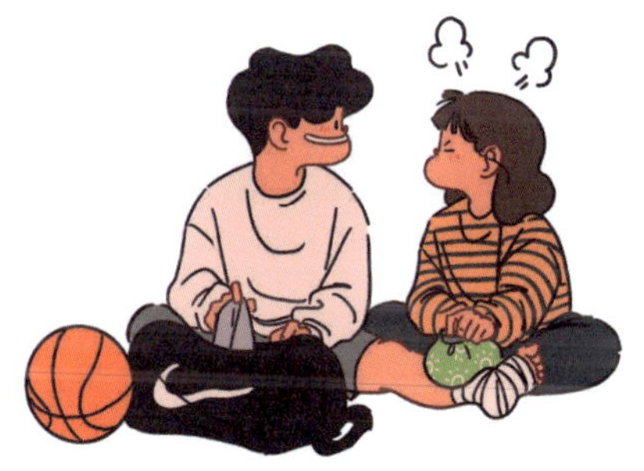

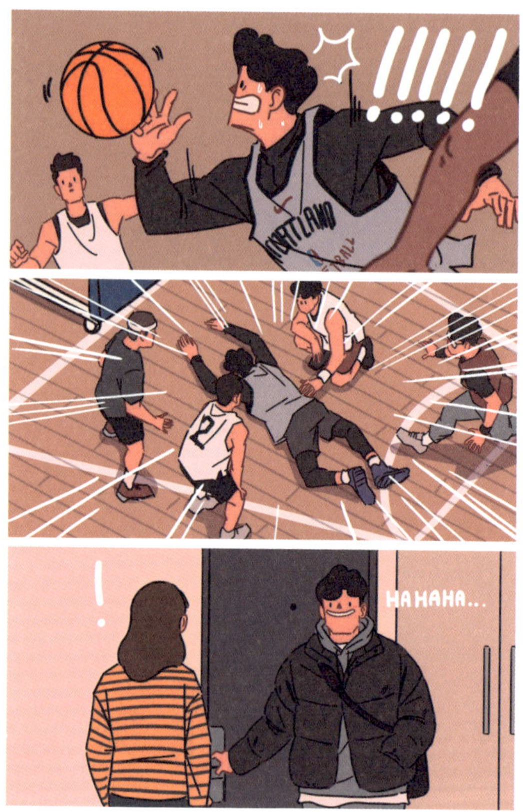
PORTLAND
HA HA HA...

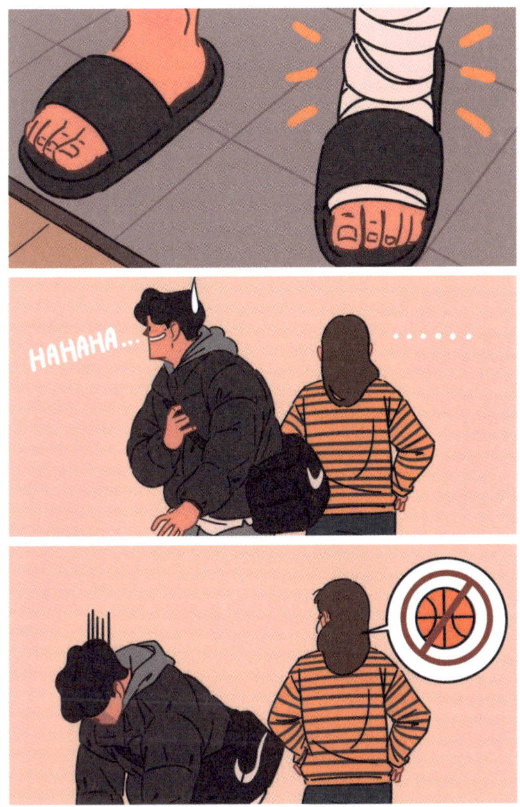

하나. 눌이라서 좋은 날들

너는 몰랐으면

수기

너는 평생 몰랐으면 좋겠어.

너는 무릎도 안 쑤시고,
소화도 잘되고,
딱딱한 것도 잘 먹었으면 좋겠어.

속 쓰린 거,
뼈마디가 쑤시는 거,
살이 아리는 거 같은 건
평생 하나도 몰랐으면 좋겠어.

(……그래야 나를 돌봐주지.)

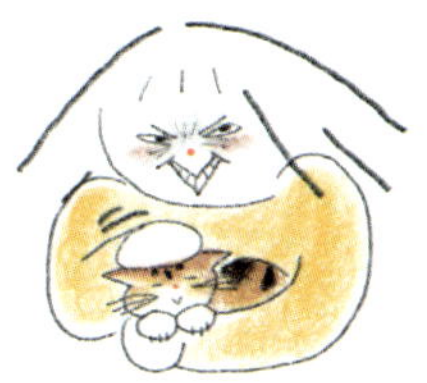

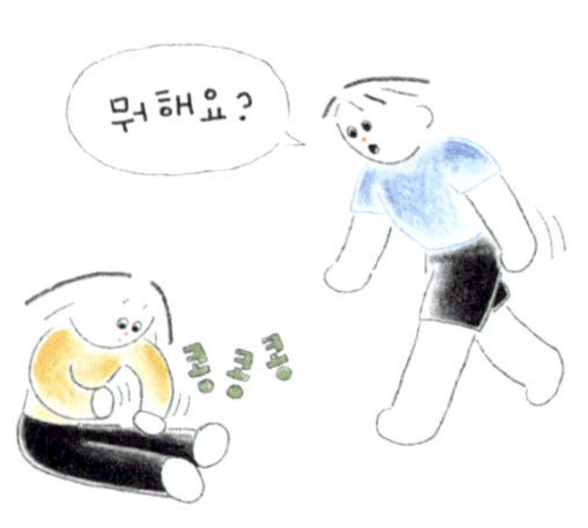
뭐 해요?

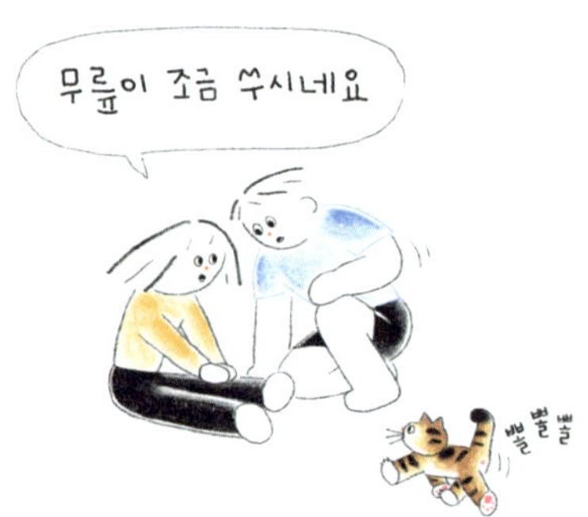
무릎이 조금 쑤시네요

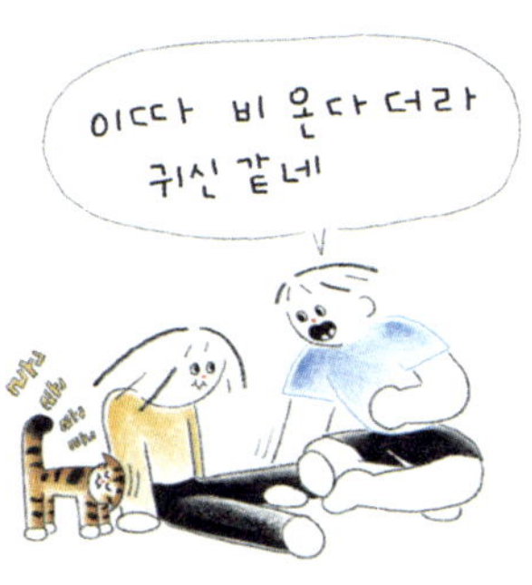

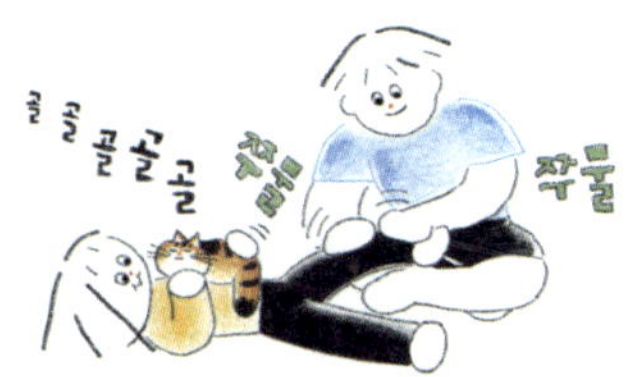

하나. 둘이라서 좋은 날들

사랑의 힘으로

규영

둘이 함께 살다 보니 어떤 문제가 생기면 그 원인을 너에게서 찾을 때가 있는 것 같아.

그날도 평소처럼 같이 저녁을 먹고 설거지를 하려는데, 너는 할 일이 많다며 식탁 정리를 도와주지도 않고 방으로 들어가버렸지. 그 모습에 왠지 모르게 야속하고 서운한 마음이 들더라고. '나도 할 일 많은데' 하고 말이야.

그렇게 혼자 예민해져 있는 채로 설거지를 하다가, 이런 감정에 휘둘리고 싶지 않아서 애써 마음을 가라앉히고 다시 천천히 생각해봤어. 그리고 문득 깨달았어. 지금 내가 하고 있는 이 설거지는, 나 혼자 밥을 먹었어도 결국 내

가 해야 할 일이라는 것을. 그저 함께 밥을 먹었다는 이유
만으로 너에게 괜한 불만과 아쉬움을 쏟아내고 있었던 거
야. 내가 진짜 힘들고 짜증이 나는 이유는 쌓여 있는 일들
과 피로 때문이지 네가 설거지를 도와주지 않아서가 아닌
데 말이야.
함께 밥 먹고 나서 밥그릇 하나 더 설거지하는 일. 빨래
개다가 양말 하나 더 개어 넣는 일. 그런 것쯤은 사랑의
힘으로 할 수 있지 않을까.

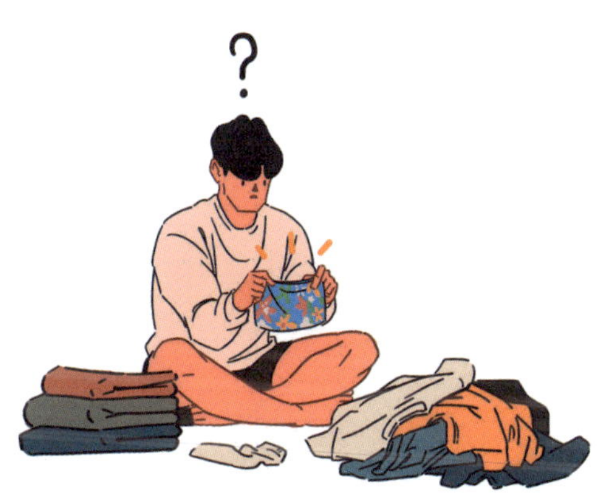

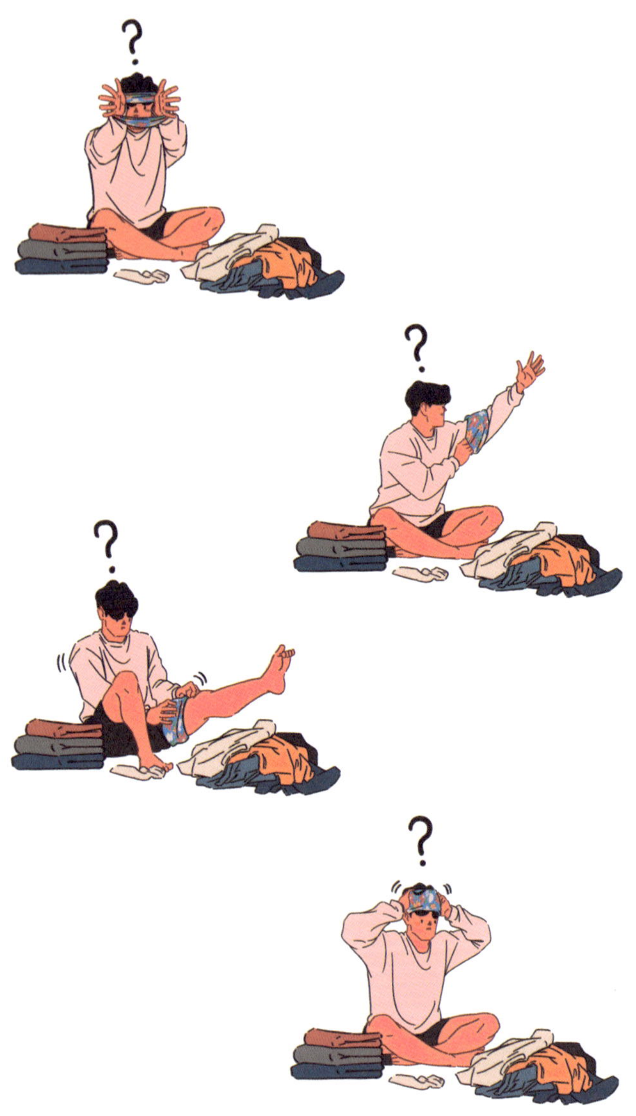

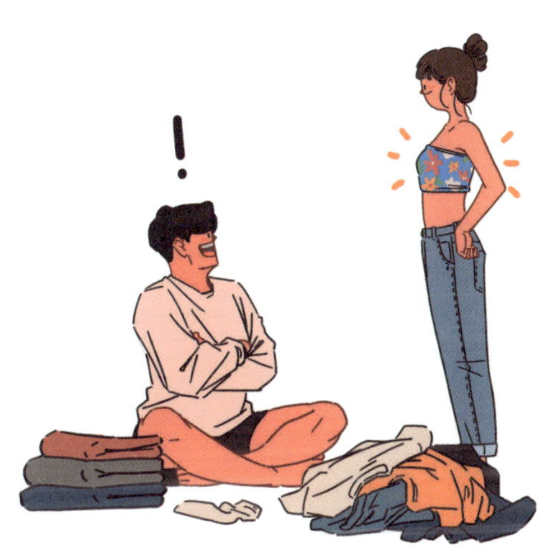

하나. 둘이라서 좋은 날들

오늘은 내가 할게

수기

연세대 의대에서 기혼 여성 7천 명을
9년 동안 추적 관찰한 결과,
남편의 가사 노동 참여가 하루 1시간 늘어날 때마다
아내의 우울증 위험이 평균 12퍼센트 줄어들었대.
아내가 만족감을 느낄 때는 그 효과가 더 크고.

내 남편 우울증 걸리면 안 되는데……

오늘은 내가 설거지할게!

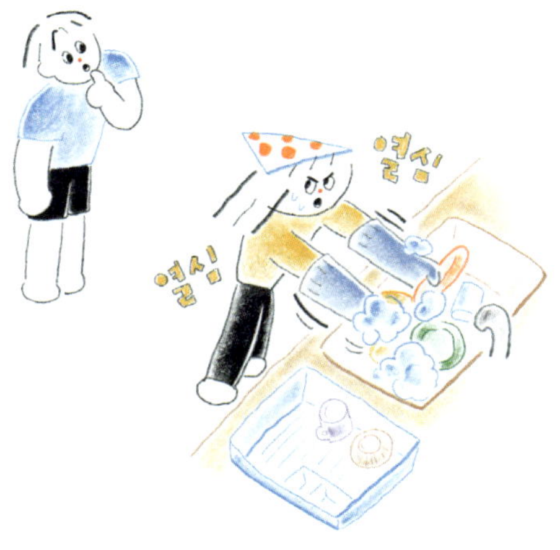

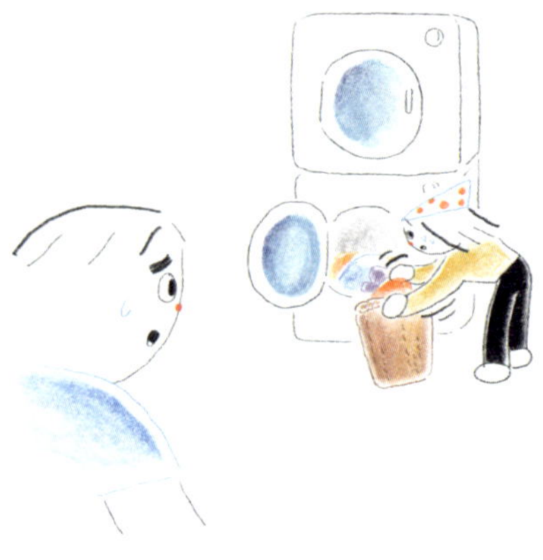

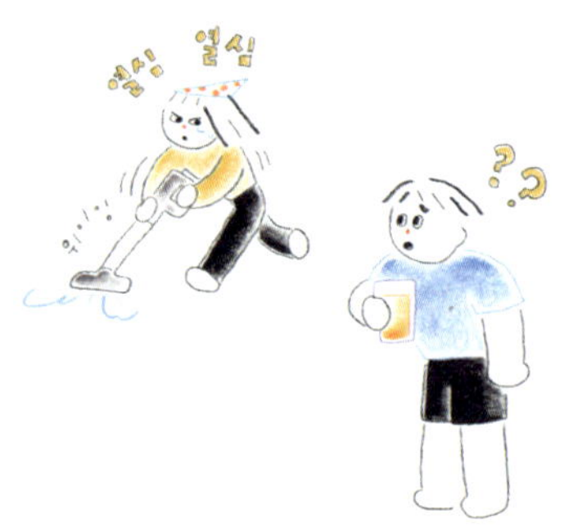
열심!
열심!
앙

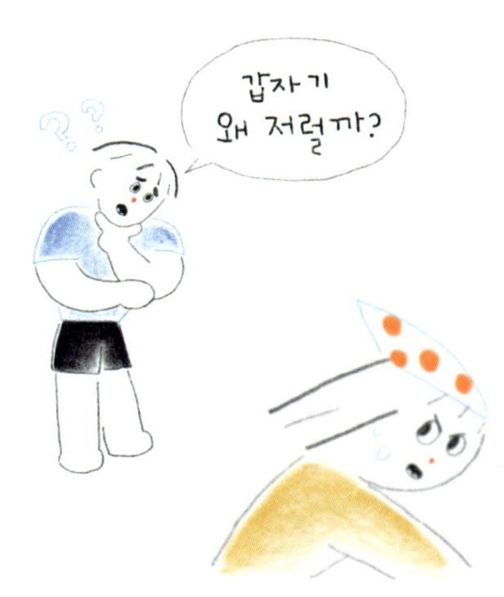
갑자기
왜 저럴까?

예뻐지는 이유

규영

내 입으로 말하기 부끄럽지만, 결혼하더니 점점 예뻐진다는 소리를 종종 듣곤 해. 참나, 그래도 남자한테 멋있어졌다는 말도 아니고 예뻐졌다니. 뭐, 그래도 듣기엔 좋은 것 같아.

왜 그런 말이 나올까 싶어서 생각을 해봤어. 음, 결혼 전에는 씻고 나와서 스킨이랑 로션만 바르고 끝이었는데, 지금은 네가 "이건 네 피부에 잘 안 맞는다"며 내 로션 통에 넣어두고 간 각종 수분크림, 영양크림, 에센스 같은 걸 이것저것 같이 바르기도 하니까 아무래도 그 때문일까 싶기도 하고. 그건 아니겠지?

그런데 그런 말을 들을 때마다 사람들이 하나같이 꼭 한 마디 덧붙이곤 해.
"아내한테 사랑을 많이 받아서 그런가 봐요."
"하하. 그런가요."
나는 머쓱해하며 고개를 돌리고 널 바라봐. 그럼 네가 나를 그렇게 사랑스러운 눈으로 보고 있을 수가 없어. 그 모습을 보니 아무래도 그게 진짜 이유인 것 같아.

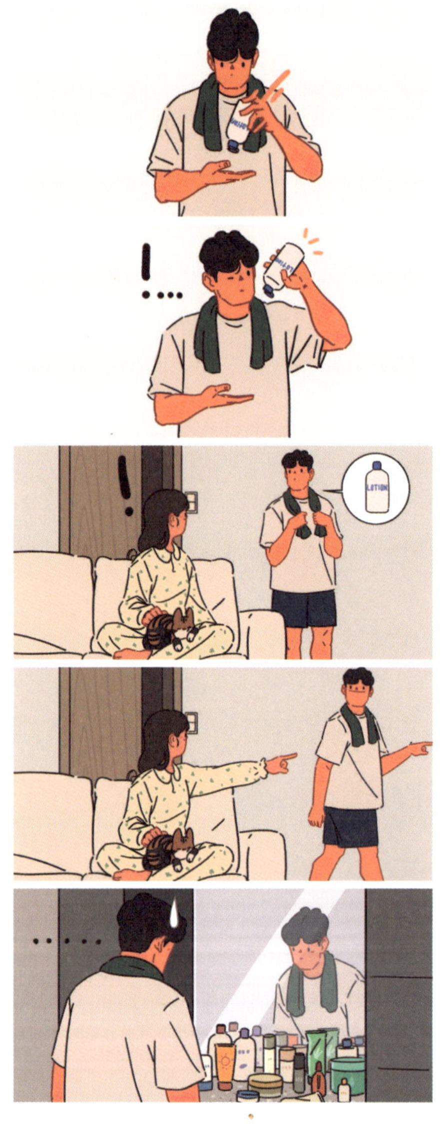
LOTION

내가 예뻐지는 이유……

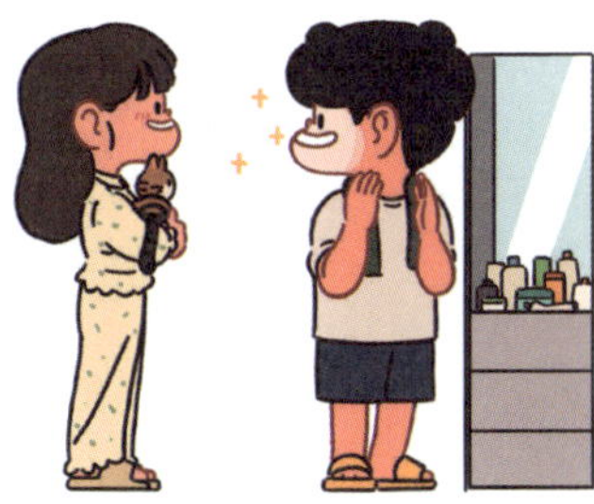

히니. 둘이라서 좋은 날들

'너'라는 필터

수기

좋은 카메라 너머로 세상을 보면
같은 풍경도 더 낭만적이고 시적여 보여.
공기마저 다른 세상의 것 같아.

날카로운 겨울바람에 낭만이 불고
삐질삐질 흐르는 땀에 청춘이 흐르고
만원 전철에 운치가 타 있어.

너랑 있으면 그래.

내 눈에, 내 마음에
멋진 필터가 끼워진 것 같아.

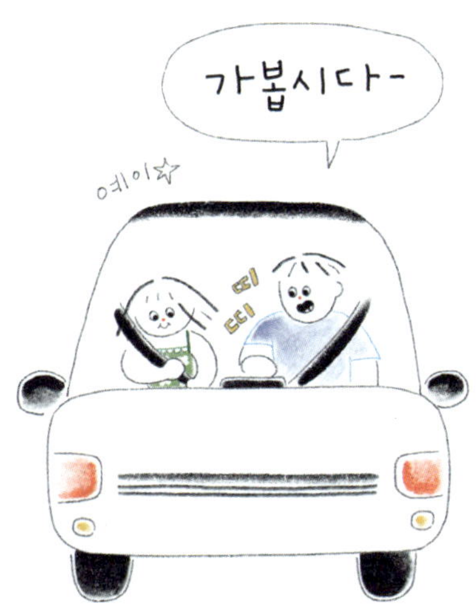

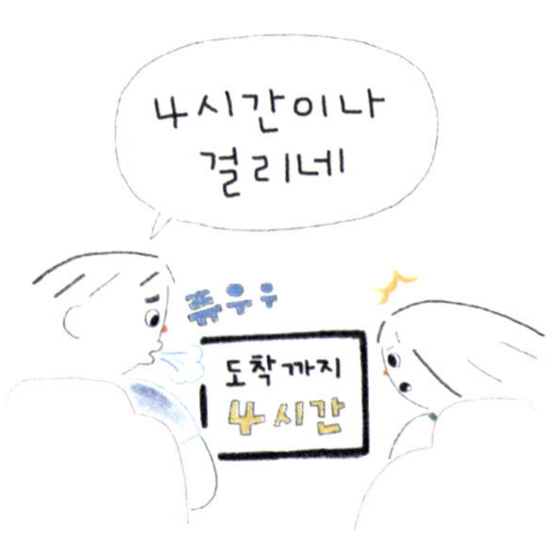

4시간이나
걸리네
휴우우
도착까지
4시간

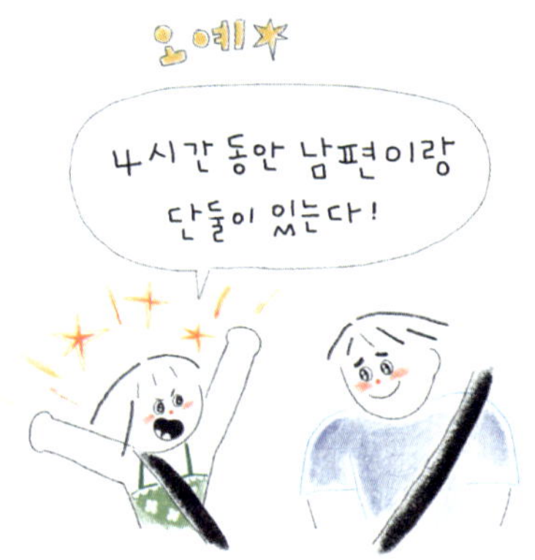

오예☆
4시간 동안 남편이랑
단둘이 있는다!

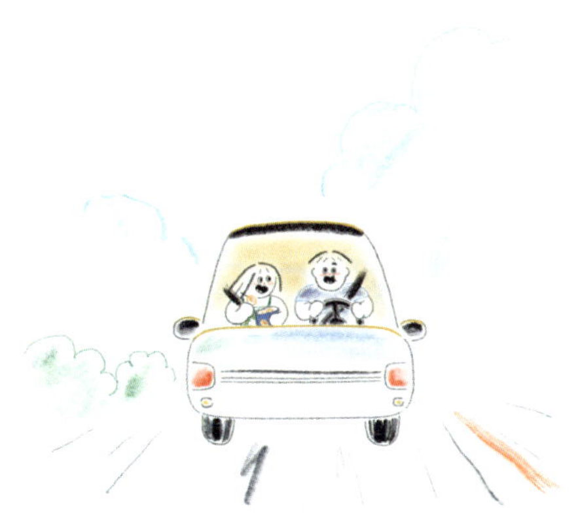

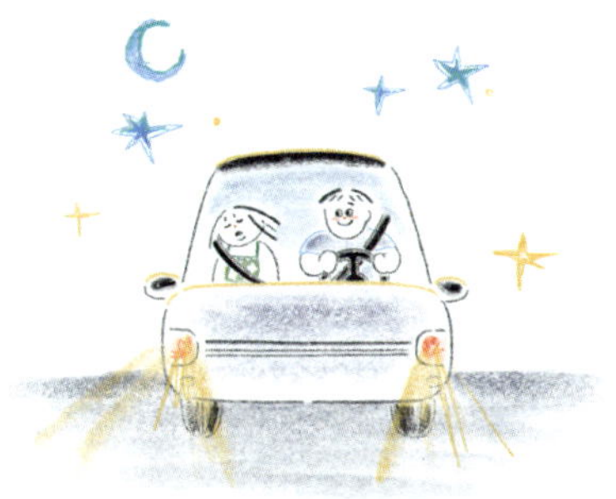

하나. 둘이라서 좋은 날들

시간을 함께하는 법

규영

나는 운전하다가 길을 잘못 들어 도착 시간이 늘어나는 것을 보면 왜 그렇게 화가 나는지 모르겠어. 괜히 심통이 나서 투덜거리면, 그런 내 모습을 본 너는 오히려 신나는 표정으로 말을 해. "어, 예이! 드라이브! 드라이브 데이트 더 할 수 있고 좋다아~!" 하고 말이야.

또 어느 날엔 목적이 있어 나선 걸음이었는데 결국 그 목적을 이루지 못하게 되자, 나는 괜히 시간 낭비했다고 말했어. 그때 너는 "이게 왜 시간 낭비야, 나는 남편이랑 같이 시간을 보낼 수 있어서 좋은데!" 하고 나무랐지.

그렇게 나는 너를 통해 '시간을 함께하는 방법'을 배워.
가장 중요한 것은 지금 우리가 함께하고 있다는 것이고,
그 시간이 결국 행복하고 소중한 순간이 된다는 거야.

하나. 둘이라서 좋은 날들

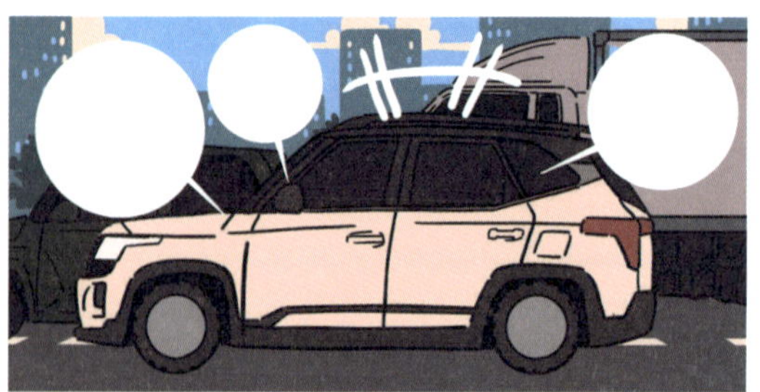

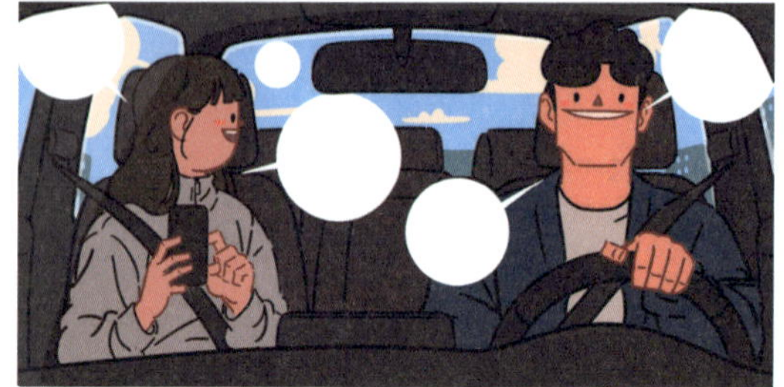

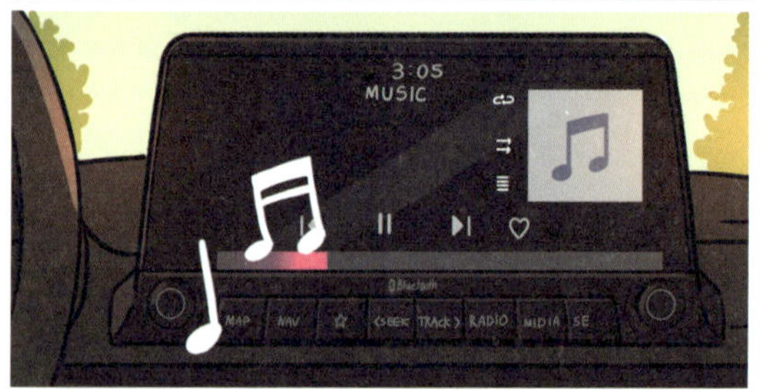

3:05
MUSIC
MAP   NAV   ☆   <SEEK TRACK> RADIO   MIDIA   SE

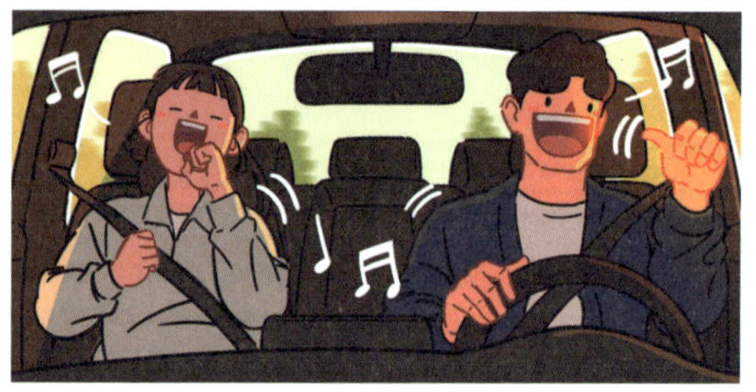

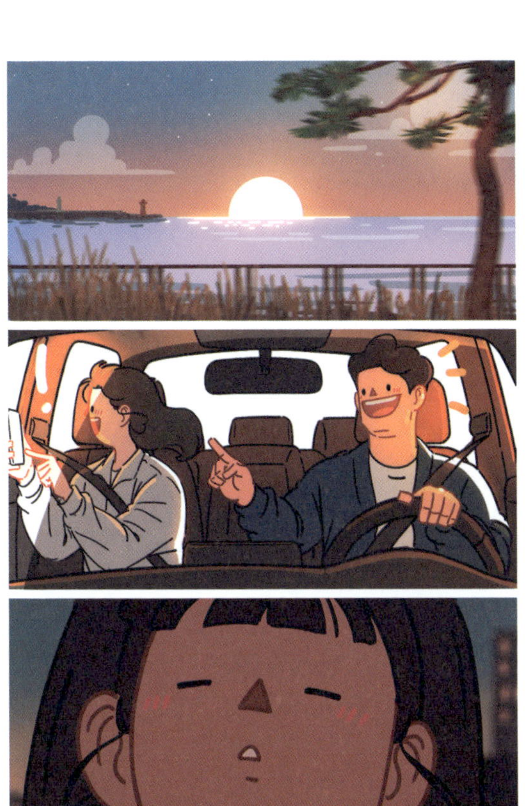

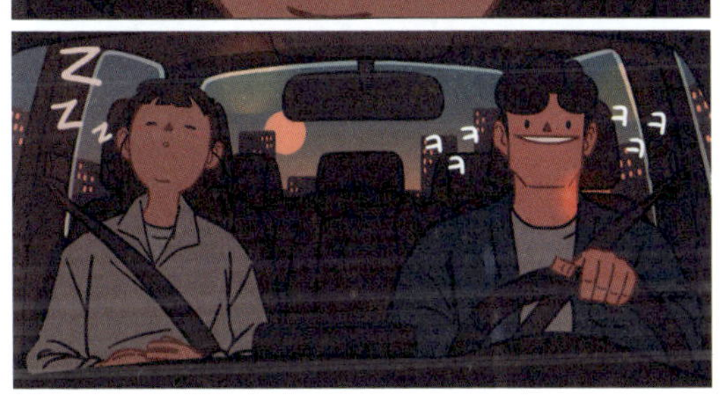

하나. 둘이라서 좋은 날들

어젯밤의 유희

수기

베란다에 어젯밤의 유희가 걸려 있어.

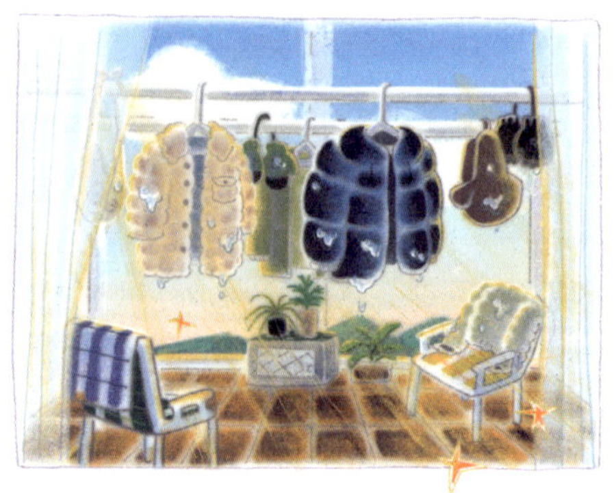

네가 '굳이' 함께해줘서.

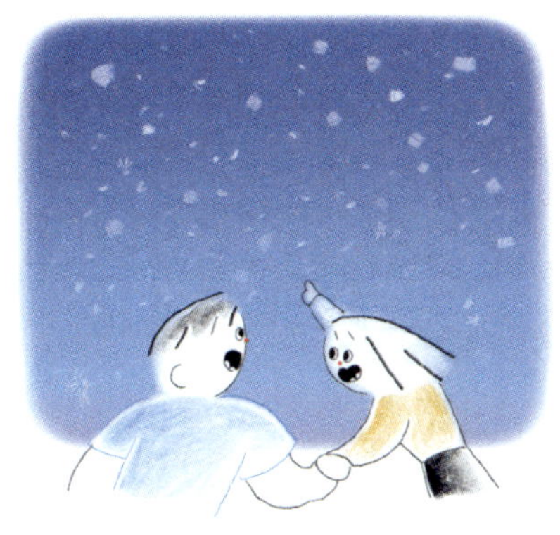

꽃이 피면 굳이 나들이 가고,
비가 오면 굳이 진흙을 밟아보고,
눈이 오면 굳이 눈사람을 만들고.

부르지 않아도 돌아오는 계절인지라
다음에, 다음에, 하며 흘려보냈을지도 모르는데,
네가 함께해줘서
그 덕분에 우리는 이 밤을 놓치지 않았어.

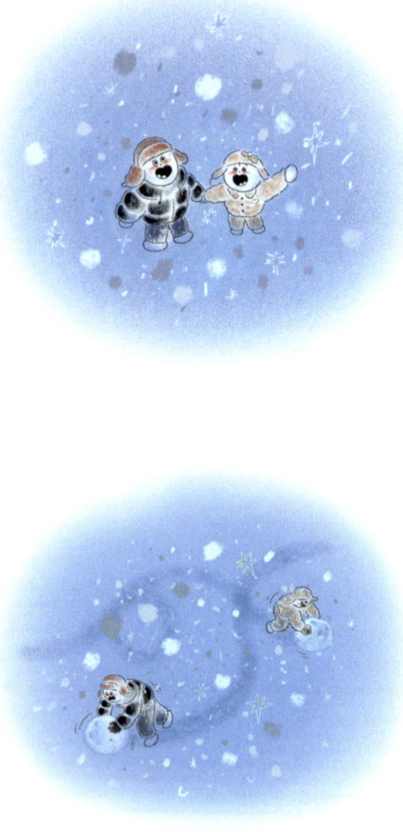

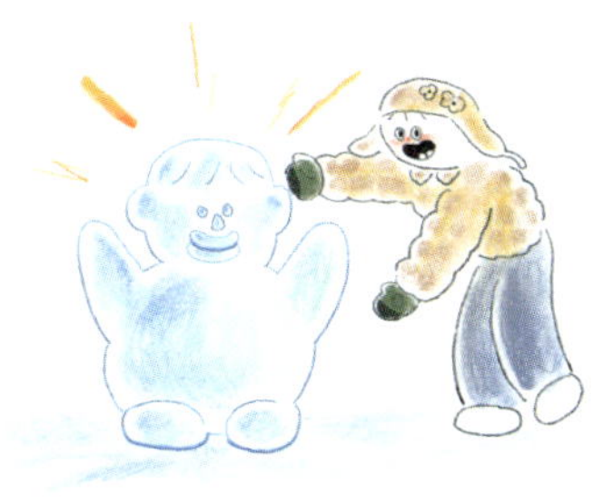

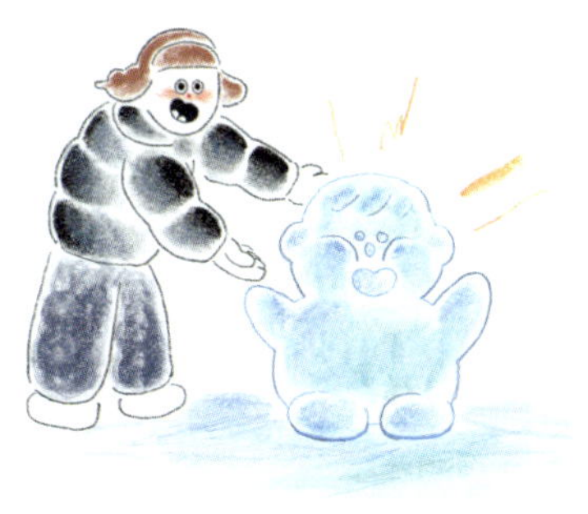

하나. 둘이라서 좋은 날들

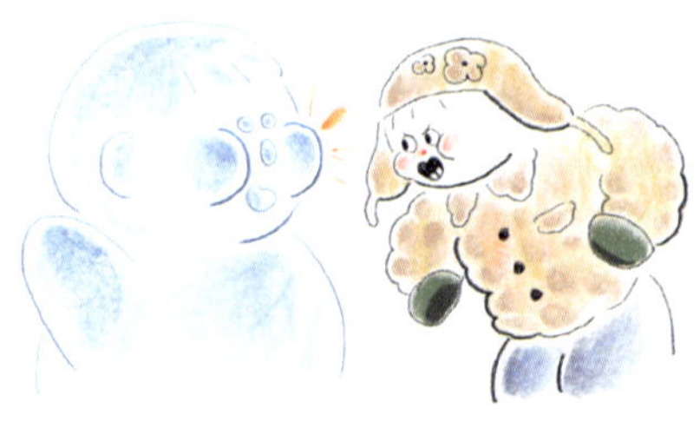

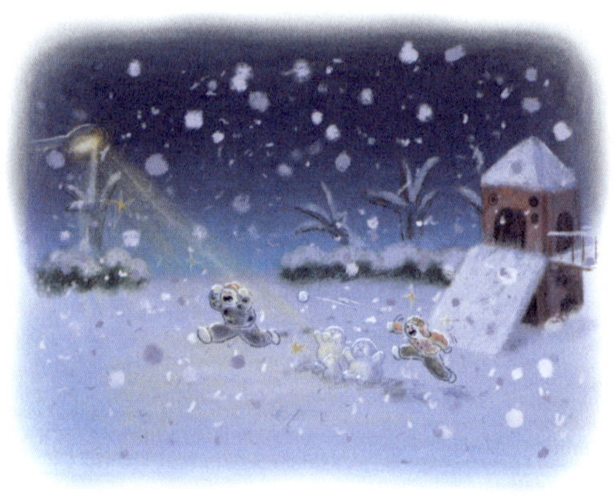

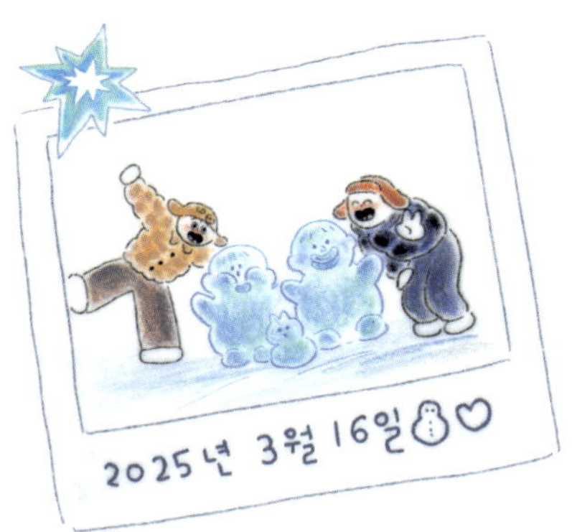

내게는 네가
하늘에서 펑펑 내려주는
선물 같아.

사랑의 말

규영

문득 '너는 왜 이렇게까지 나를 사랑해줄까' 하는 생각이 들 때가 있어.

너는 나에게 사랑한다는 말도 자주 해주고, 잘생기지 않은 내 얼굴을 보고도 잘생겼다고 말해줘. 그리고 내 생각을 말하면 나보고 늘 좋은 사람이라고 공감해주고, 내 행동을 보고는 항상 멋지다고 얘기해줘.

그러니 내가 어딜 가든 어깨를 조금 더 펴고 다닐 수 있는 것 같아. 별일 아닌 일에도 "잘한다", "멋지다" 하고 말해주니 나도 더 잘하고 싶고 더 멋있어지려고 노력하게 되는 거지.

이렇게 서로를 멋진 사람으로 만들어준다면 결국엔 둘 다 멋진 사람이 되어 있지 않을까. 사랑은 겁 많고 힘없는 약자도 당당히 맞서 싸울 수 있는 용사로 만들어준다고 해. 우리 같이 용감한 용사가 되어 이 험난한 세상에 맞서 싸워 나가보자!

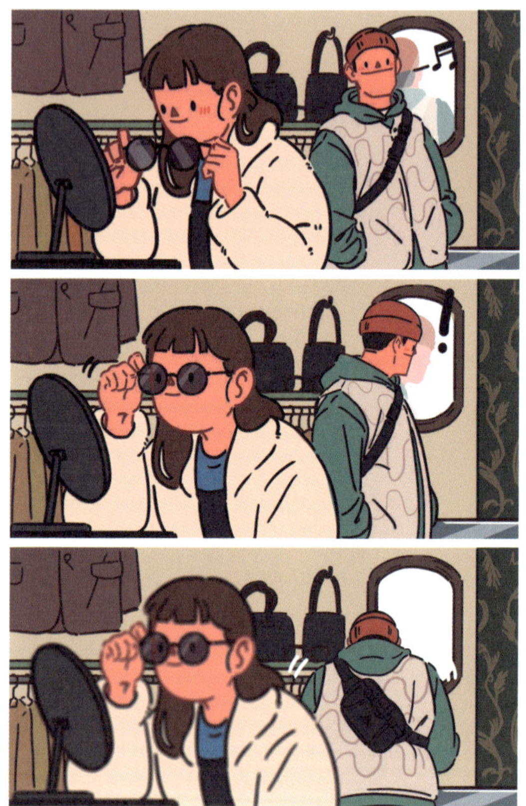

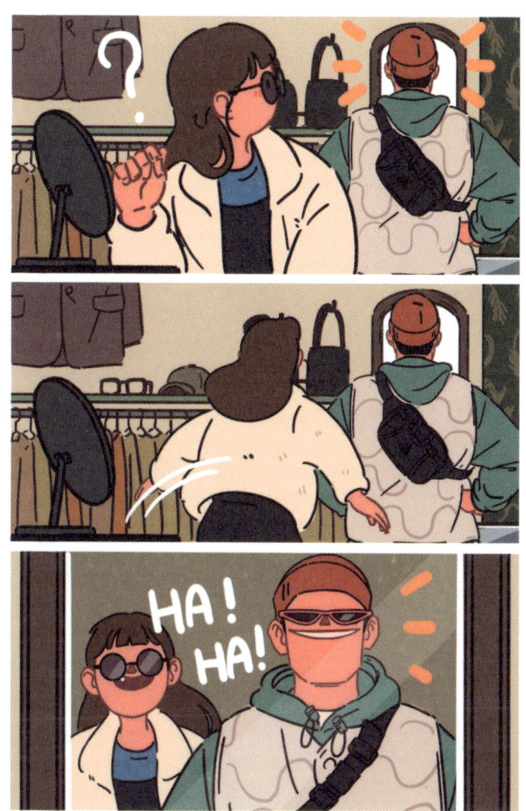
하나. 둘이라서 좋은 날들
HA!
HA!

하나. 둘이라서 좋은 날늘

한 번 더

수기

눈빛만 보아도 안다지만

그래도 소리의 언어로 꼭 전해야 하는
이야기들이 있어.

미안해. 고마워. 사랑해.

말하지 않아도 안다고 하지 말고,
부끄럽다고 변명하지 말고,
자존심같이 쓸데없는 거 내세우지 말고,

꼭 한 번 더 말할래.

미안해. 고마워. 사랑해.

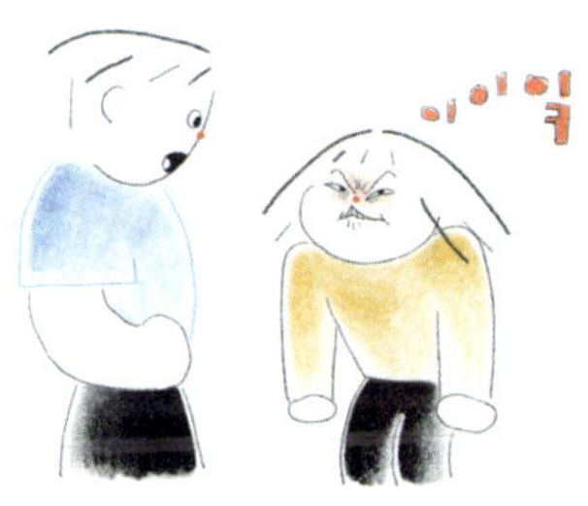

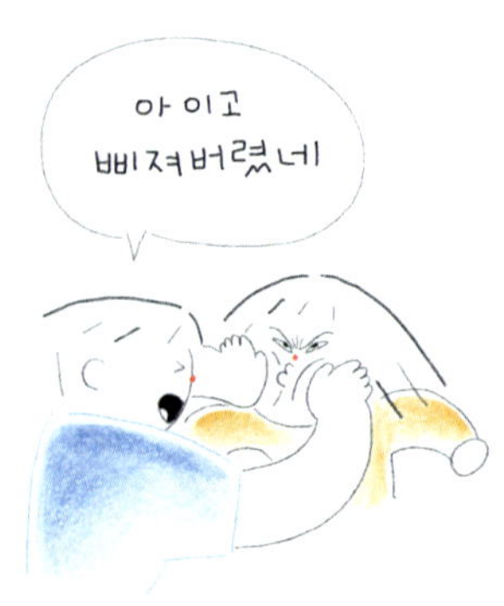
아이고
삐져버렸네

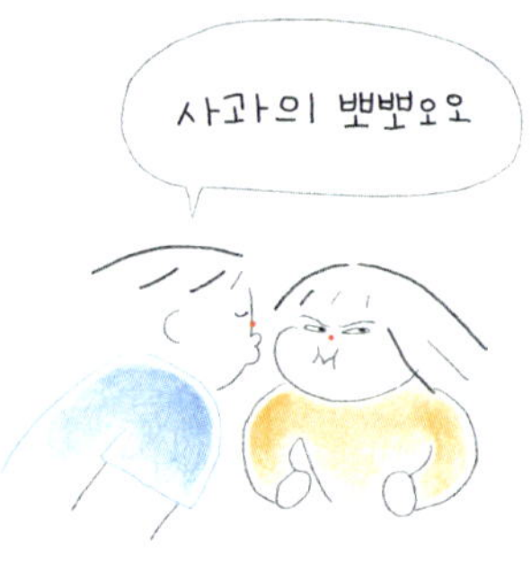
사과의 뽀뽀오오

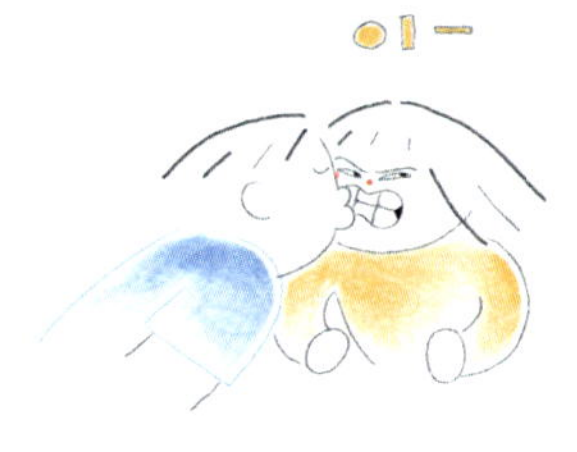
아―

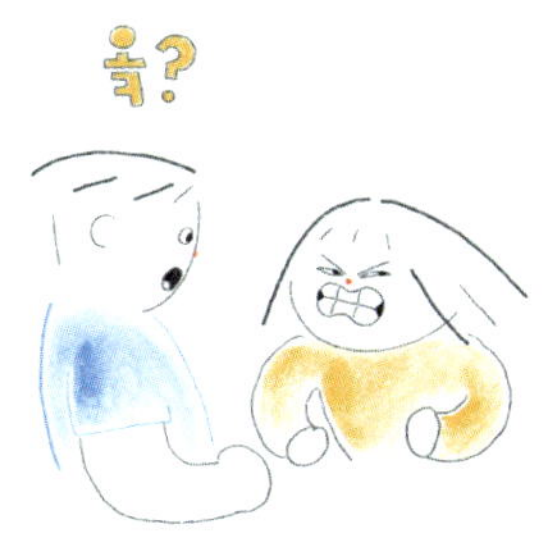

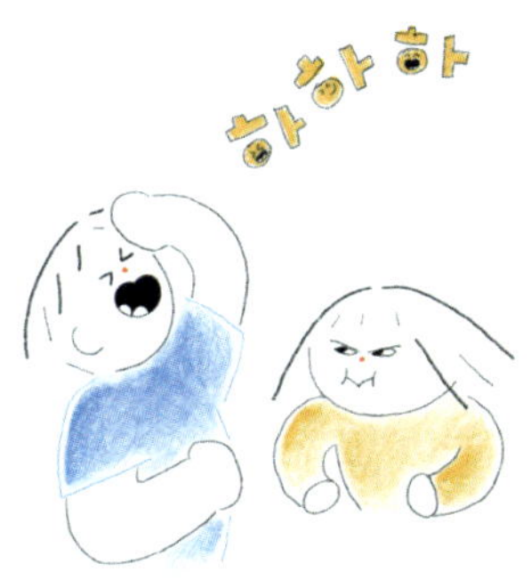

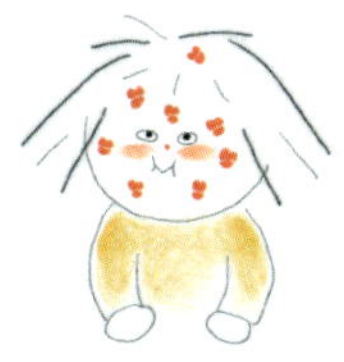

하나. 둘이라서 좋은 날들

이 또한 사랑의 표현

규영

어느 날 함께 저녁을 먹고 동네를 산책하다가 네가 속이 불편했는지 방귀를 귀엽게 '뽕' 하고 뀐 적이 있어. 우리는 아직 방귀를 트지도 않았고 내 앞에서 네가 방귀를 뀐 건 처음이라 너도 많이 놀랐었나 봐. '뽕' 소리에 내가 모른 척할 새도 없이, 네가 먼저 두 손으로 입을 가리고는 눈이 똥그래져서 나를 쳐다봤지. 그 모습이 얼마나 사랑스러웠는지 몰라.

팔불출 같을까 봐 조심스러우면서도 이렇게 이야기하는 건, 나는 너의 그런 모습도 사랑의 표현이 아닐까 하는 생각이 들었기 때문이야. 생리현상이라는 게 사람이 어찌할 수 없는 일인데 이토록 부끄러워하다니, 그건 나에게 예쁘고 좋은 모습만 보이고 싶은 너의 마음 같았어. 날 사랑한다는 마음의 표현 말이야.

아, 물론 방귀를 튼다고 해서 사랑이 부족하다는 건 아니야. 사랑하는 사람 앞에서 방귀를 뀔 수 있는 용기와 그렇게 편안해질 수 있다는 것 역시 사랑이라고 생각하니까. 그러니까 이러나저러나, 사랑한다면 마음껏 표현하자고! 뿡!

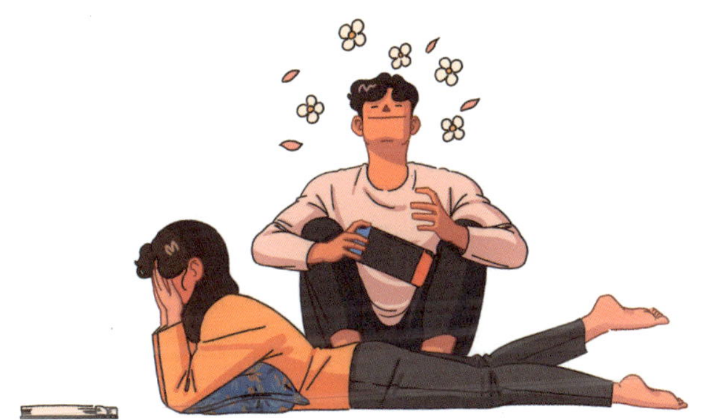

쉿, 비밀이야

수기

비밀스러운 여자가 되고 싶어.

비밀이 있는 듯 보여야 사람들이 멋지게 본다고 유튜브에서 누가 그러더라. 나에 대해 말하지 말고, 남들이 나에 대해 추측하도록 해야 한대. 비밀스럽게.

나는 너에게 최고로 멋지고 흥미로운 사람이 되고 싶으니까, 너에게만은 비밀스러운 사람이어야 해. 그런데 너한테 비밀을 만들기란 연기를 움켜쥐는 것처럼 어려워. 아무리 입을 앙! 다물어보아도 비밀이 조잘조잘 새어 나와.

예를 들면 방귀 뀐 이야기나, 왕 큰 코딱지가 나온 이야기
같은 거 말이야. 그런 건 좀 비밀로 해둬도 괜찮을 텐데.

이런 이야기까지도 '귀여워죽겠네'라는 눈으로 보는 너를
보는 게 그렇게 좋은걸 어떡해.

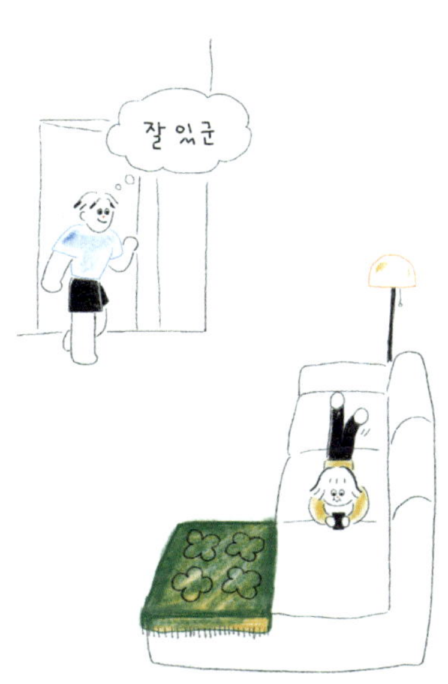

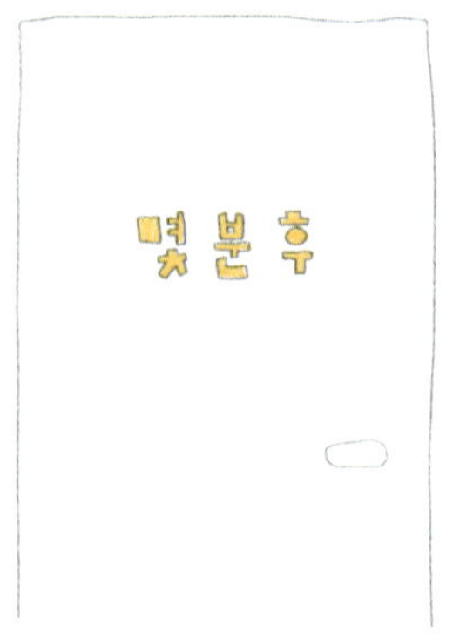

몇분후

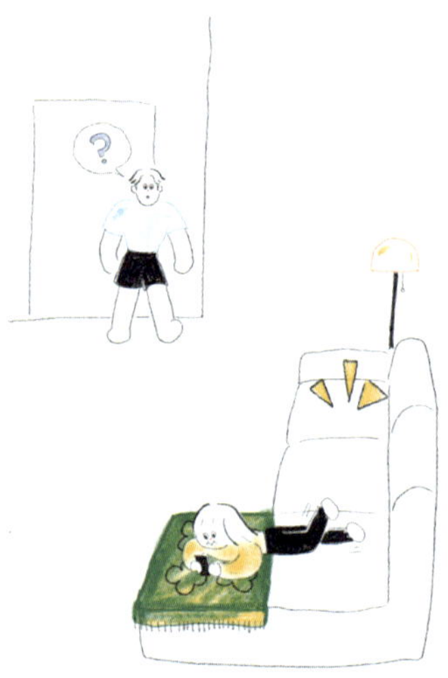

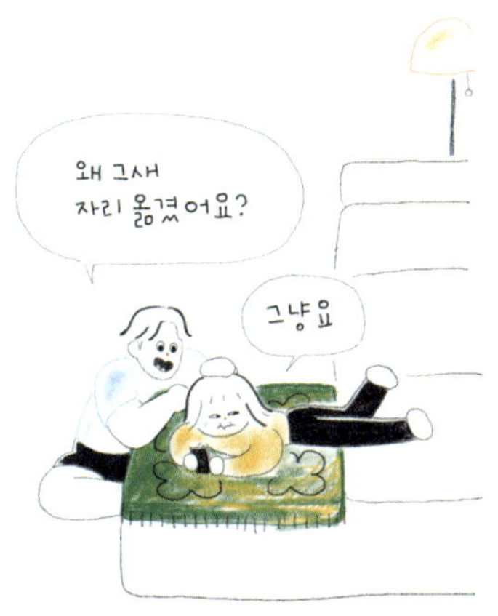

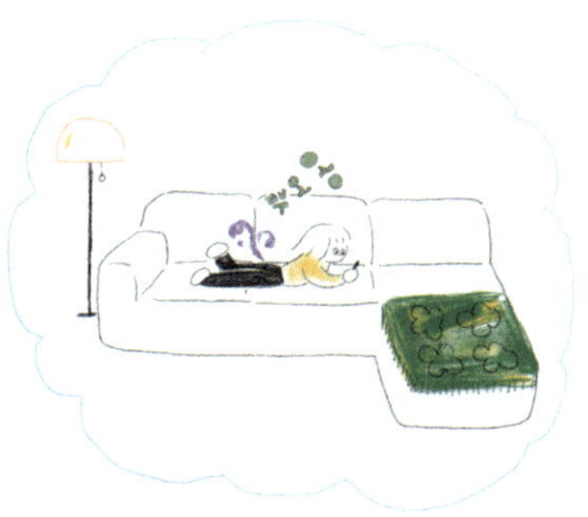

하나. 둘이라서 좋은 날들

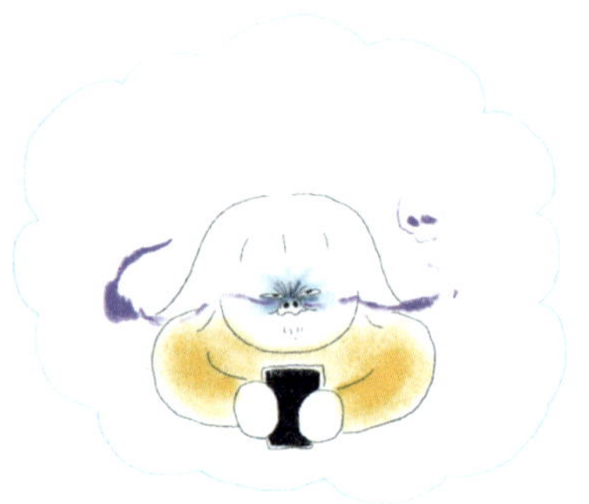

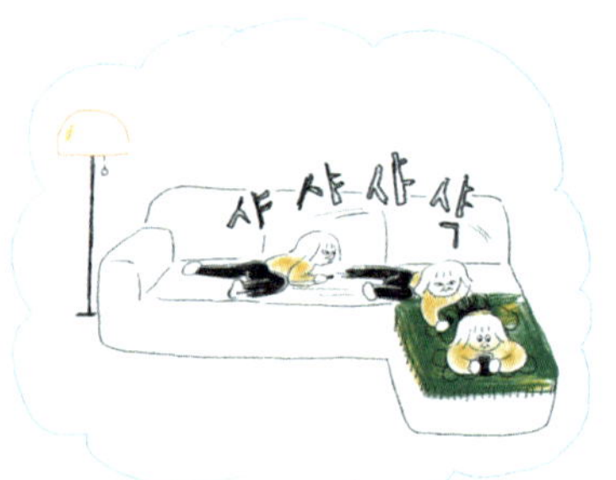
사 사 사 싹

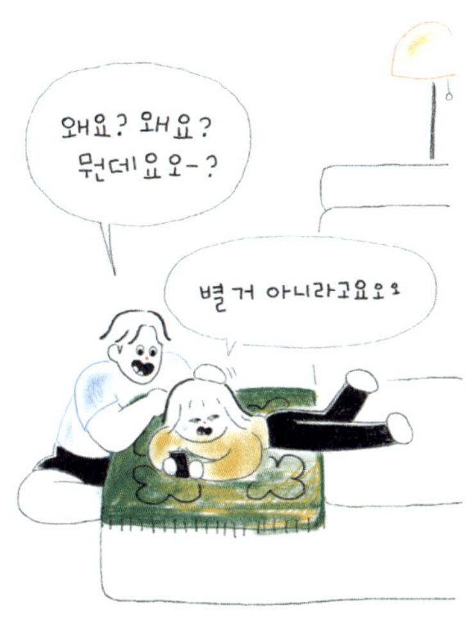

하나. 둘이라서 좋은 날들

따로 또 같이

규영

누군가를 만나 사랑을 하고 함께 살아가는 일은, 두 개의 원이 딱 하나가 되는 게 아니라 어느 정도의 교집합을 이룬 채 살아가는 거라고 생각해. 네가 내가 되고, 내가 네가 되어 살아가는 것이 아니고, 서로의 모습 그대로를 지켜가며 살아가는 것이지.

우리는 서울에서 속초로 이사 오면서 각자의 방을 갖게 됐지. 내 방에는 지금까지 내가 열심히 모은 운동화들과 좋아하는 애니메이션 피규어들이 가득하고, 네 방에는 깔끔한 초록색 책상과 의자 그리고 책들로 가득해. 또 내 방 한편에는 작업하다가 누워 쉴 수 있는 에어 매트가 깔려 있고, 네 방에는 편히 앉아 쉴 수 있는 밤색 빈백 소파가 있어.

이렇듯 각자의 방이 있지만, 너는 가끔 내 방 매트에 엎드려 책을 읽고, 나도 때론 네 방 빈백 소파에 기대어 쉬곤 해. 어느 날에는 많은 작업에 지쳐서 매트에 누워 있는 나를 보고 너는 조용히 내 방문을 닫아주고 가고, 또 어느 날에는 네가 불도 켜지 않은 채 정신없이 바쁘게 일하고 있으면 내가 조심스레 불을 켜주고 가지. 그런데 이렇게 각자의 공간에서 작업을 하다가도 우리는 시간이 되면 함께 식탁에 앉아 밥을 먹고, 거실 소파에 나란히 앉아 영화를 보고, 잘 시간이 되면 안방에 들어가 같이 잠이 들어.

우리에게 각자의 방이 있고 함께하는 공간이 있는 것처럼 사랑도 그런 것 같아. 때론 각자, 때론 또 같이, 그러면서도 서로의 삶을 지켜주는 거야. 앞으로도 이렇게 잘 살아가자!

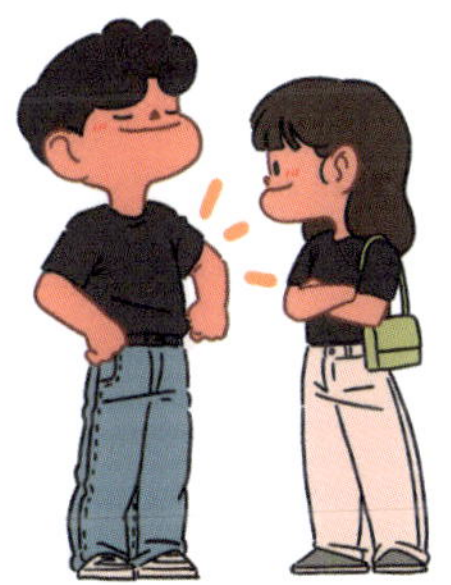

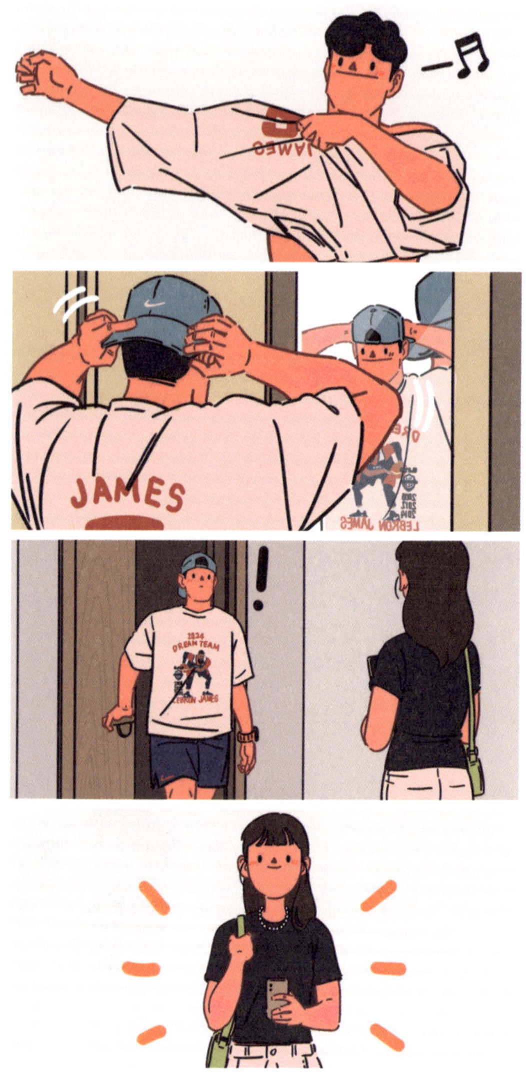
JAMES
JAMES
2024
DREAM TEAM
LEBRON JAMES

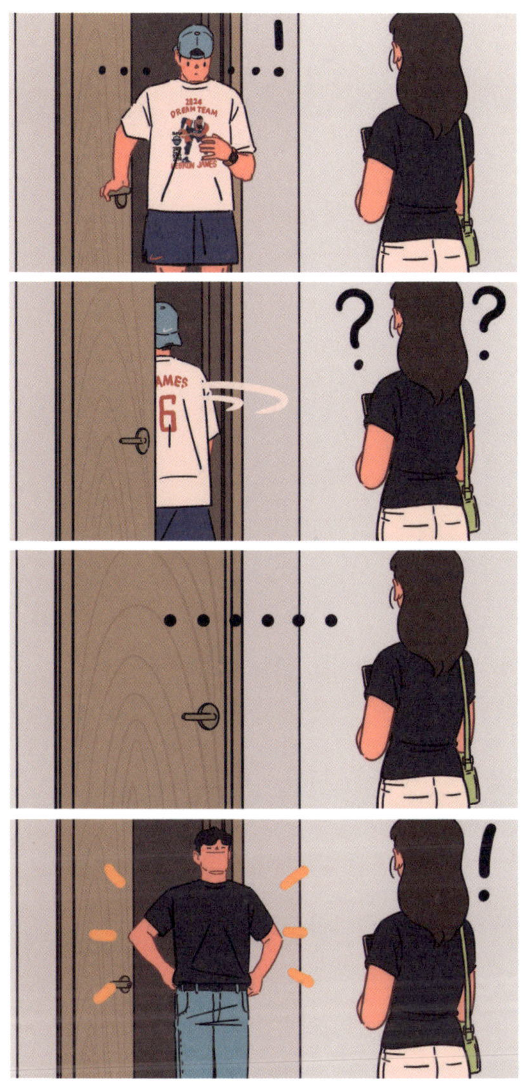

하나. 둘이라서 좋은 날들

마음을 채운 것

수기

여행이 끝난 뒤,
너의 핸드폰엔 내 사진이 가득해.

너의 인스타그램에도, 너의 책상에도
내 사진이 가득해.

너의 마음은 나로 가득하구나.

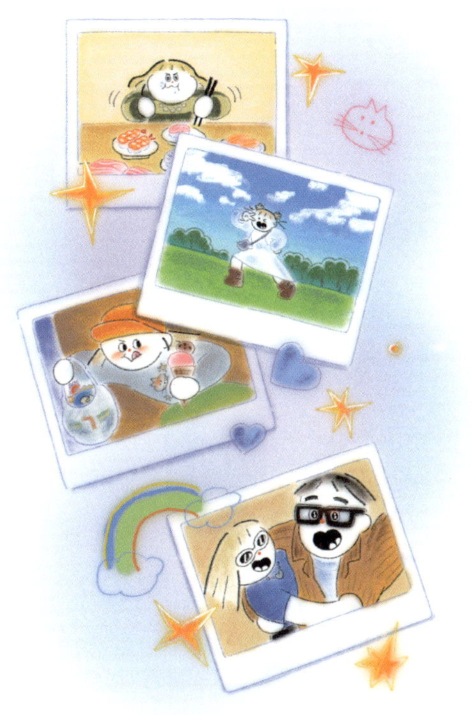

하나. 둘이라서 좋은 날들

행복에 가장 가까운 단어

규영

지난가을 네가 미국으로 출장 가게 되면서, 나도 그 기간에 맞춰 혼자 오사카로 여행을 다녀왔었지.

오사카는 가까운 데다가 맛있는 음식들과 내가 좋아하는 캐릭터 피규어도 가득해서 우리 둘이서도, 이렇게 나 혼자서도 종종 다녀오곤 했지. 그런데 오사카로 여행 가는 가장 큰 이유는, 내가 가장 좋아하는 음식 중 하나인 초밥! 그 초밥을 아주 맛있게 만들어주는 우리의 최애 초밥집이 있기 때문이지.

그날도 늘 하던 코스대로 오사카에 도착하자마자 숙소에 짐을 넣어두곤 바로 초밥집으로 향했어. 가는 길도 얼마나 설레는지 몰라. 거리에 줄지어 있는 화려한 식당 간판들, 초밥 먹고 후식으로 먹을 간식들이 잔뜩 있는 편의점까지. 그렇게 설레는 발걸음으로 가다 보면 어느새 그 초밥집에 도착해.

자리에 앉으면 직원이 다가와 무엇을 마실 건지 물어. 그럼 나는 한국에서부터 연습해온 말을 해.

"나마비루 구다사이(生ビールください)."

이곳에서는 메뉴판에서 먹고 싶은 초밥들을 종이에 적으면 즉석에서 만들어주는데, 초밥 하나가 완성되어 나올 때쯤 이슬이 가득 맺힌 시원한 맥주가 아주 먹음직스럽게 나와. 그때 생맥주를 크게 한 모금 마시고 그 시원함이 가시기 전에 얼른 와사비를 좀 더 얹은 초밥 하나를 간장에 살짝 묻혀 재빨리 입에 넣는 거야. 와, 그 순간이 그렇게 행복할 수가 없었어. 근데 속으로 '행복하다, 행복하다' 연신 외치면서도 네가 생각났어. '같이 왔으면 얼마나 좋았을까' 하고 말이야. 그러곤 문득 이렇게 행복할 때 생각나는 사람이 있다는 것에 감사했어.

'행복'에 가장 가까운 단어는 사랑인 것 같아. 행복할 때 제일 먼저 생각나는 것은 사랑하는 사람이니까.

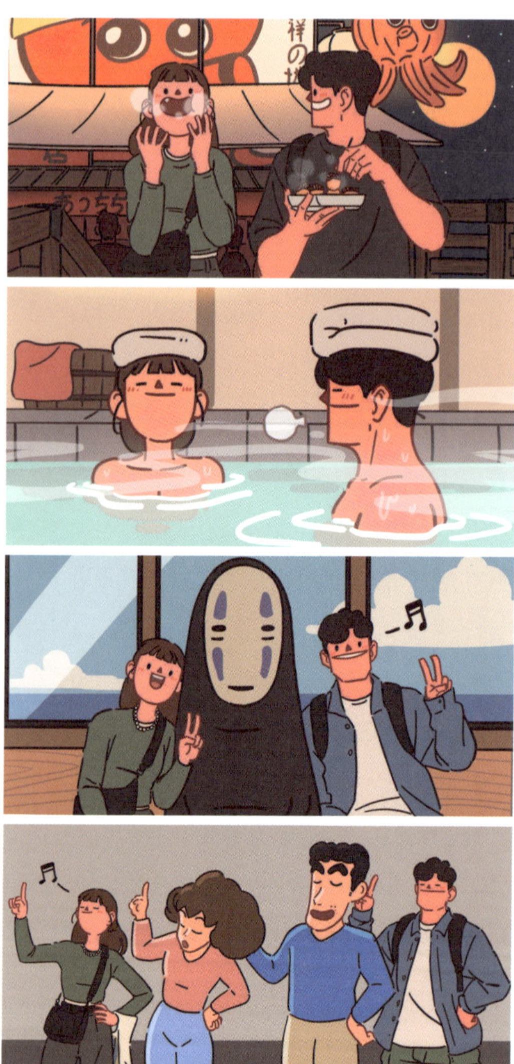

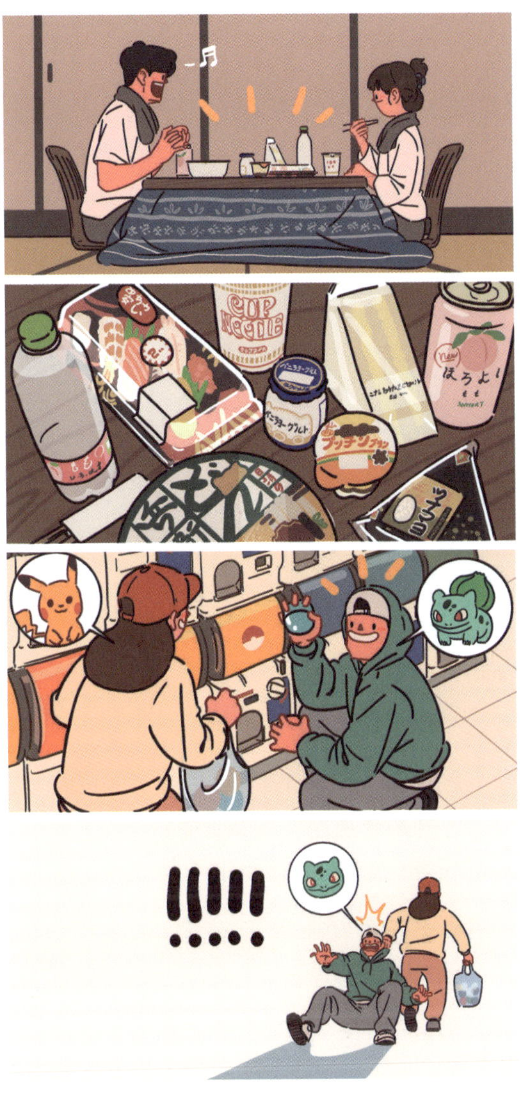

하나. 둘이라서 좋은 날들

이런 나라서 미안하지만

수기

친구들과 떠난 여행이 퍽 즐겁다가도

맥앤치즈 맛집에서 파는 치즈에,

기념품 가게에서 만난

고동색 곰돌이 인형과 알록달록한 캔디박스에,

마트에 진열된 외국 감성의 통조림에,

어두운 밤 가로등 불에, 가로수에,

넓은 공원의 초록 잔디에,

파란 하늘 흰 구름 안에

네가 들어 있더라.

그런데⋯⋯
무거운 물과 우유를 들고 집에 갈 때,
감기 몸살로 앓아누웠을 때,
발바닥이 닳아서 발목으로 걷는 것같이 힘들 때
네 생각이 더 간절히 나.
나는 참 이기적이다 싶어
미안함에 잠시 부끄러웠어.

너는 떠올리는 것만으로도
복실복실한 강아지 등을 쓰다듬은 듯
내 마음을 동그랗고 포근하게 하니

이것참, 너 없으면 못 살겠네.

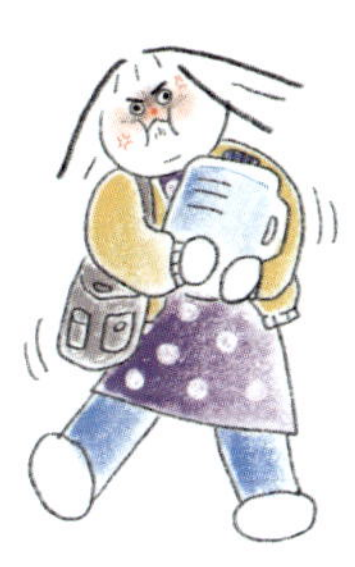

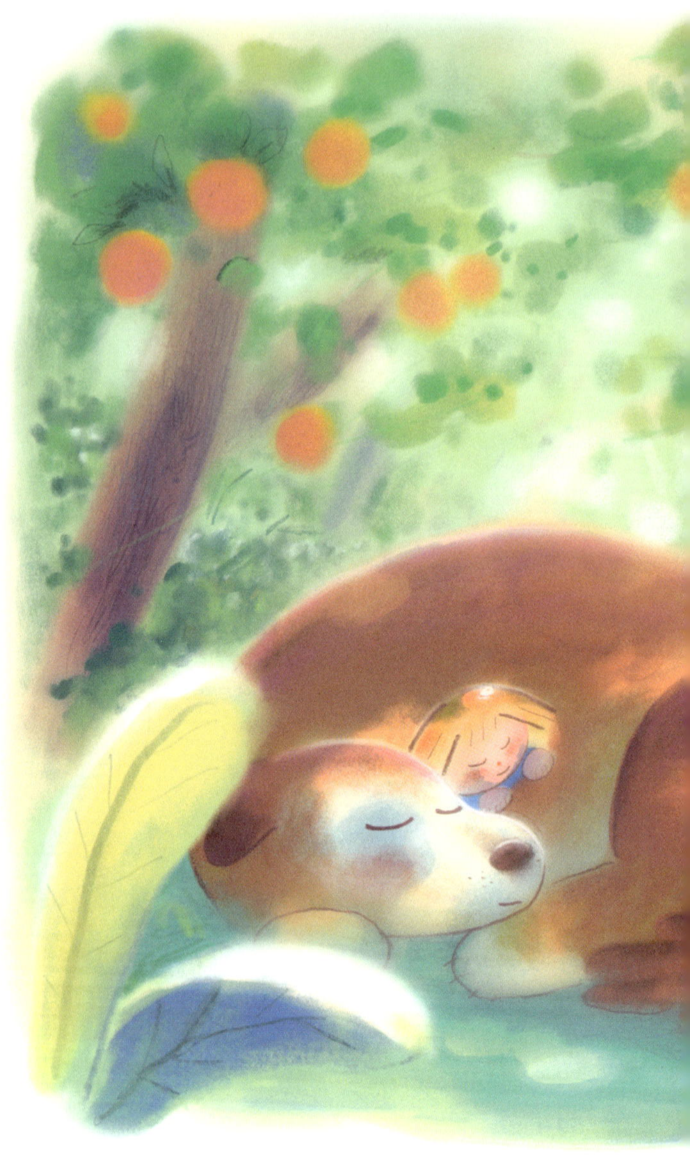

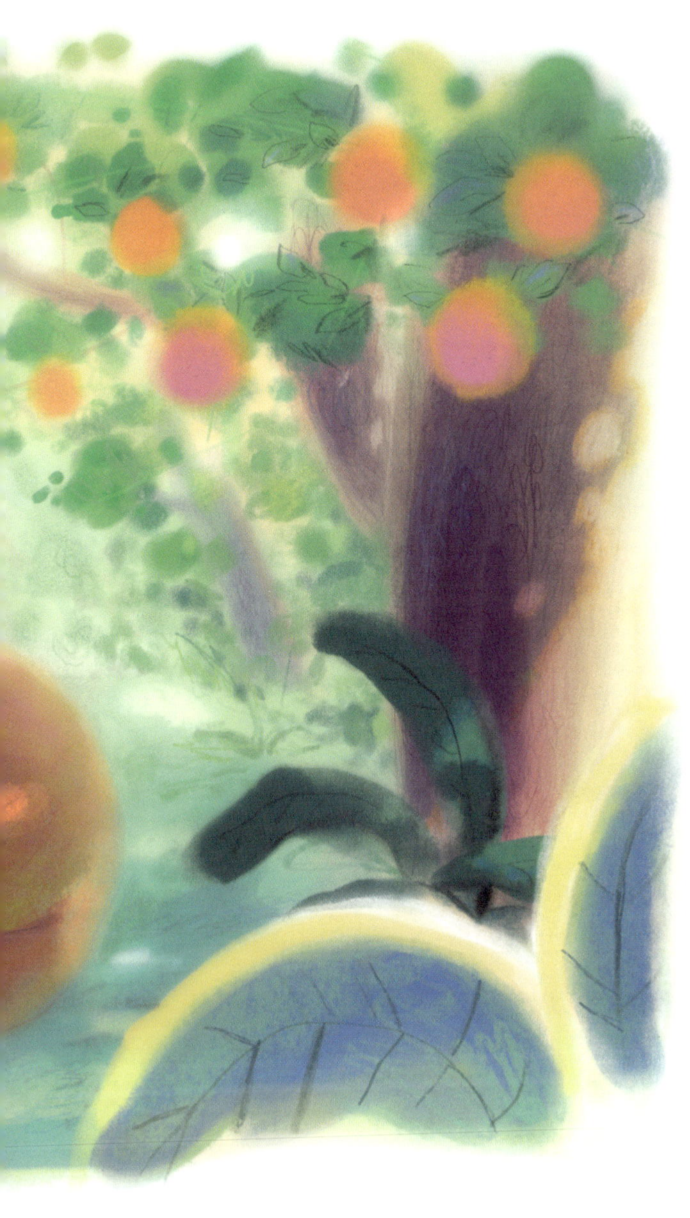

하나. 둘이라서 좋은 날들

아내를 자랑하는 이유

규영

나는 내 아내가 참 멋진 사람이라고 자랑하고 다녀.

내가 직원이 4명인 작은 애니메이션 회사에 다니고 있을 무렵, 넌 꽤 규모 있고 TV에도 반영하는 애니메이션 회사의 과장님이었어. 그런 널 보는데 정말 멋지더라. 노래는 또 얼마나 잘하는지, 예전에 밴드 보컬로 작은 펍에서 공연도 했잖아. 어렸을 때부터 팝 음악을 즐겨 들어서 그런지 영어도 잘해서, 해외에 가게 되면 영어 울렁증이 있는 난 네 옆에 꼭 붙어 있어야만 해. 그뿐인가. 요리를 자주 하지는 않지만 한번 하면 정말 기가 막히게 맛있게 해주잖아. 그중에 꼽으라면 찜닭이 최고!

네 자랑거리를 말하라 하면, 끝도 없이 나올 거야. 내가 이렇게도 아내를 자랑하는 이유는 단순해. 사랑하니까! 사랑하니까 자랑도 나오는 거야. 그런 거지!

다시 한번 말하지만, 넌 참 멋진 사람이야.

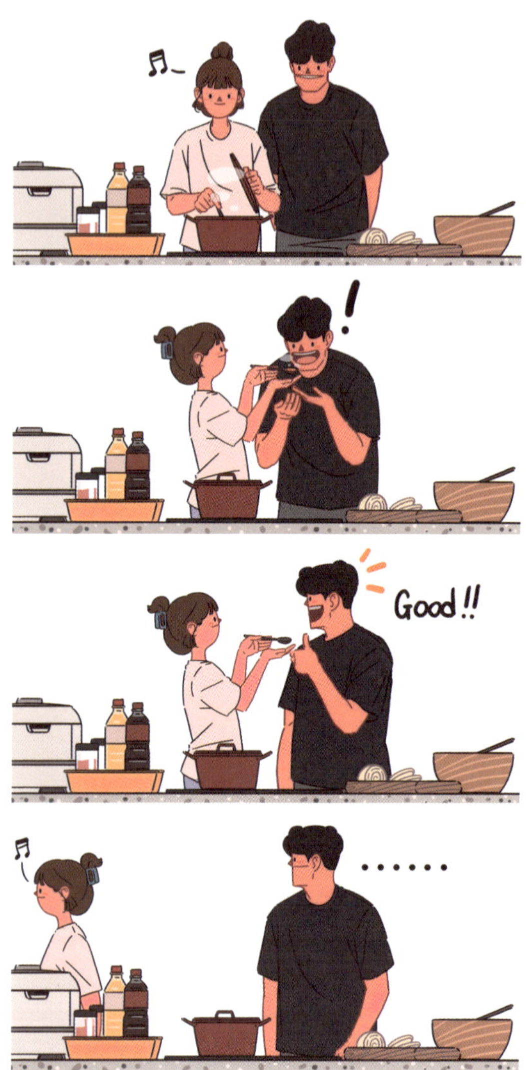

♪
!
Good !!
. . . . . .

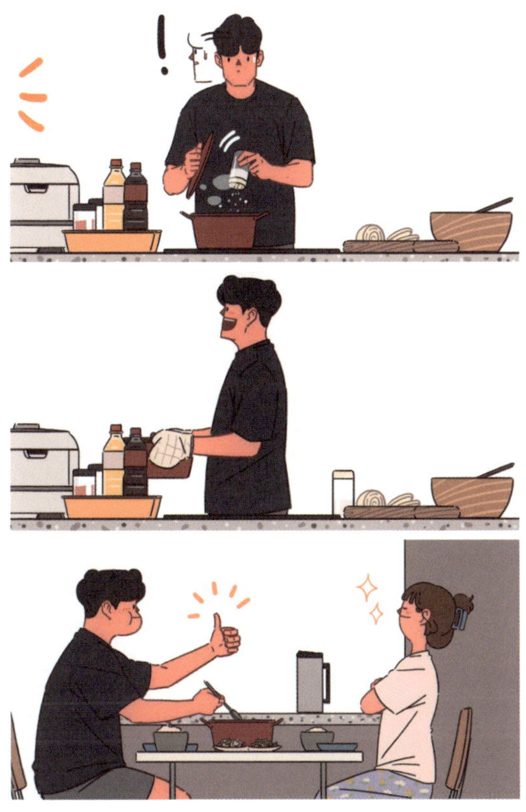

하나. 둘이라서 좋은 날들

다정함이 스르르

수기

나에겐 '허투루 하기엔 너무 소중해!'라는 말 뒤에 숨어 마음처럼 조형되지 않는 일을 외면해버리는 버릇이 있어. 글 한 자, 선 하나 만들지 않고 흘러가는 시간을 내 것이 아닌 듯 아끼지 않아. 원래도 잘하지 않는 청소, 요리, 설거지, 빨래는 바닥에 떨어진 머리카락처럼 마음에서도, 생각에서도 사라져버려. 그러곤 소파, 리모컨과 동맹을 맺고 그것들이 선사하는 LED 세상에서 살기로 해. 어쩌다 양심이 삐져나와 입을 삐죽거리면, 너는 조용히 내 머리를 쓰다듬어주며 "하고 싶을 때까지 푹 쉬면 되는 거야"라고 해.

나는 너를 봐. 너는 7시에 일어나서 고요한 아침을 보내고, 냉장고 속 재료를 살펴 적당히 영양가 있는 식사를 만들고, 종합비타민과 오메가3, 루테인 한 알씩 내 앞에 놓아주고, 설거지를 하고, 요구르트를 마시며 잠시 이야기를 나누고, 방에 들어가 오늘 해야 할 양의 일을 처리하고, 농구를 하러 가고, 한 시간 삼십 분 동안 빨래를 돌린 다음 건조기로 옮겨놓고, 다시 한 시간 삼십 분 후 마른빨래를 개어 제자리에 돌려두고, 잠들기 전 한두 시간 나와 함께 텔레비전을 보고, 1시가 되기 전에 잠에 들어. 그렇게 너는 날 채근하지 않고 그저 내가 흘린 머리카락을 훔치고 있어.

너는 소란하지 않은 성실한 움직임으로 나를 두른 공기에 고요히 위로, 걱정, 응원, 애정을 담아. 그 속삭임을 듣고 있으면 다정함이 물방울이 되어 마음에 똑, 똑, 떨어져. 종이에 물이 스미듯 다정함이 촉촉이 스며들어.

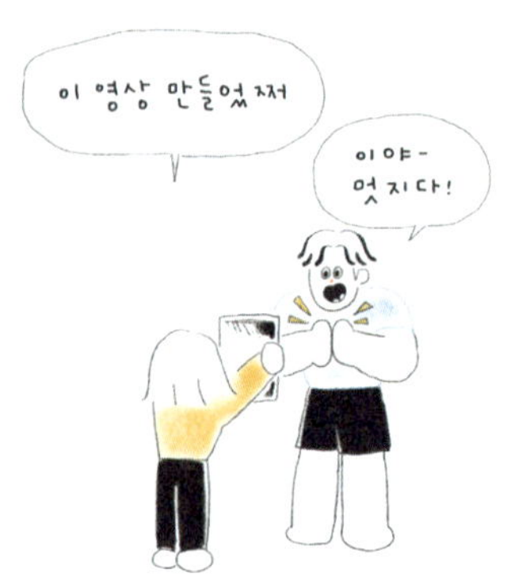

이 영상 만들었쩌
이야-
멋지다!

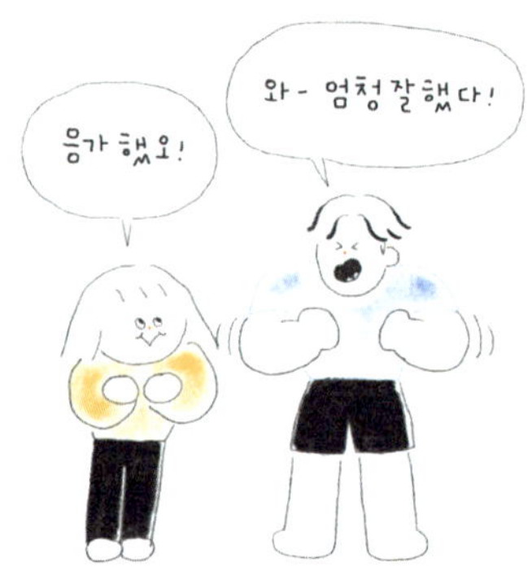

와- 엄청 잘했다!
음가 했요!

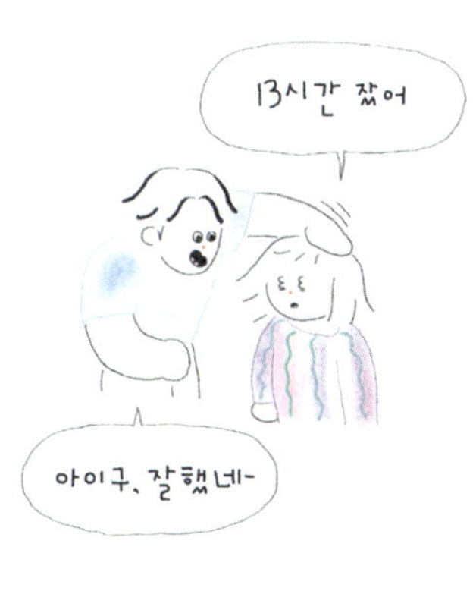

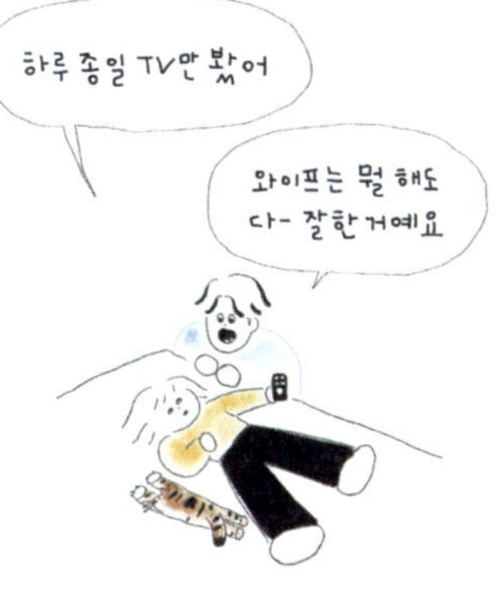

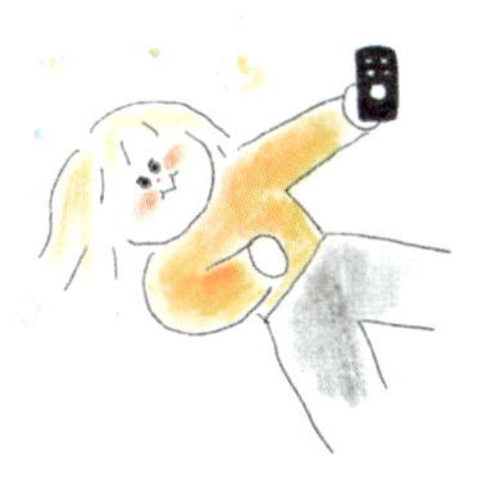

하나. 둘이라서 좋은 날들

같은 마음을 가진 사람

규영

서울에서 농구하다 친해진 형이 갑자기 마음의 치유가 필요하다며 속초에 온 적이 있었어. 저녁에 잠깐 커피 마시면서 무슨 일 있느냐고 물어보니까, 사람에게 상처받았다고 그러더라. 그 형이 워낙 사람을 좋아해서 마음 가는 동생이나 형님이 생기면 다 챙기는 성격인데, 그러면서 상처를 받은 것 같더라고. 형이 마음을 준 사람들이 자신과 같은 마음이 아니었던 거지.

그러고 보면 '같은 마음'이라는 것은 사랑하는 사이에서만 적용되는 것 같아. 친구 사이에서는 '그냥 친구'나 '친한 친구'처럼 상대를 향한 마음에 따라 단계를 나눌 때가

있는가 하면, 사랑하는 사이에서는 '조금 사랑하는 사람',
'많이 사랑하는 사람' 이렇게 단계를 나누어 말하지 않으
니까. 그러니 서로 같은 마음일 수 있는 것은 사랑하는 사
이에서만 가능하다고 생각해.

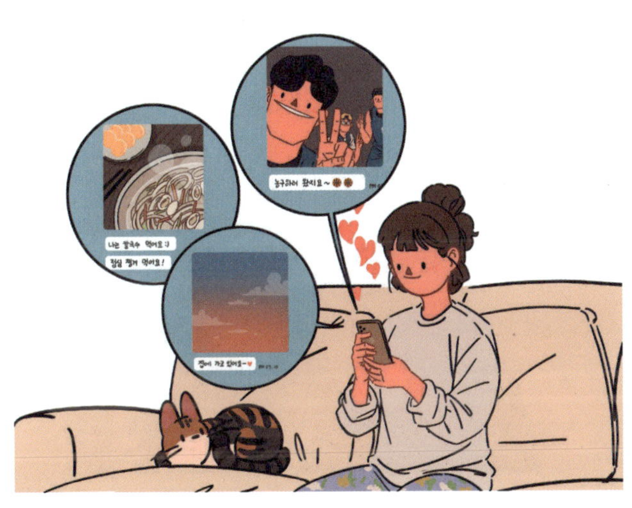

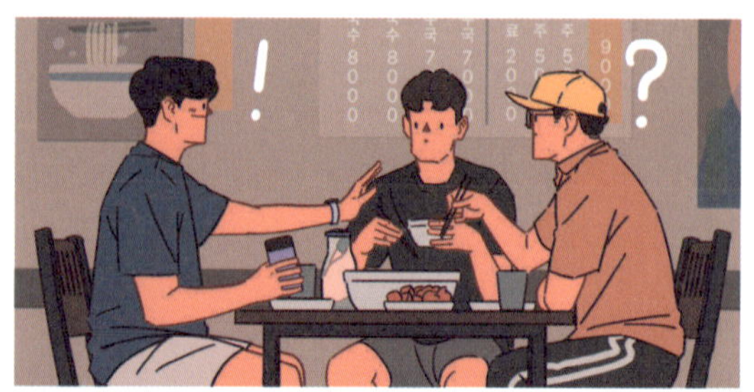
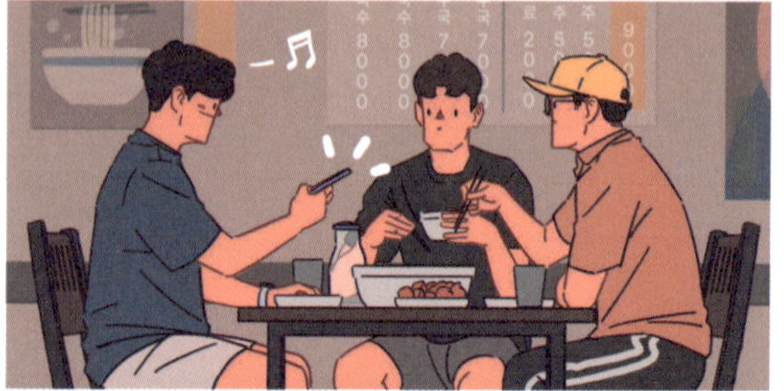
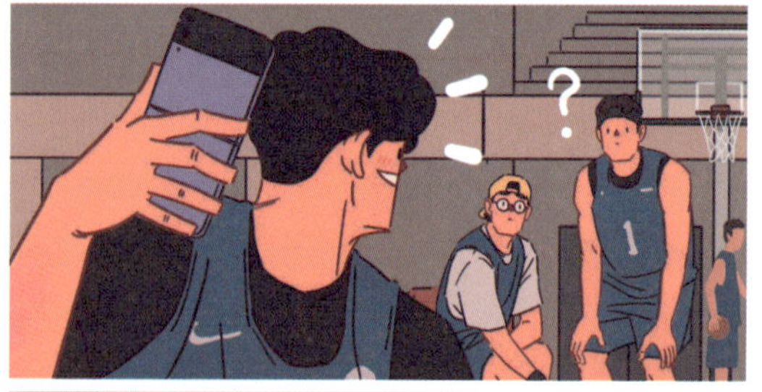
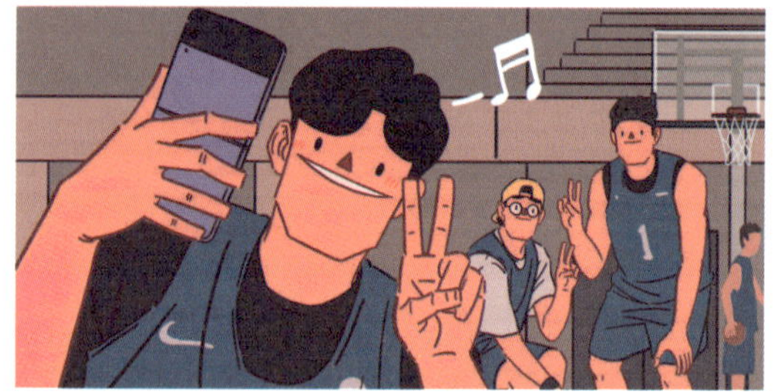

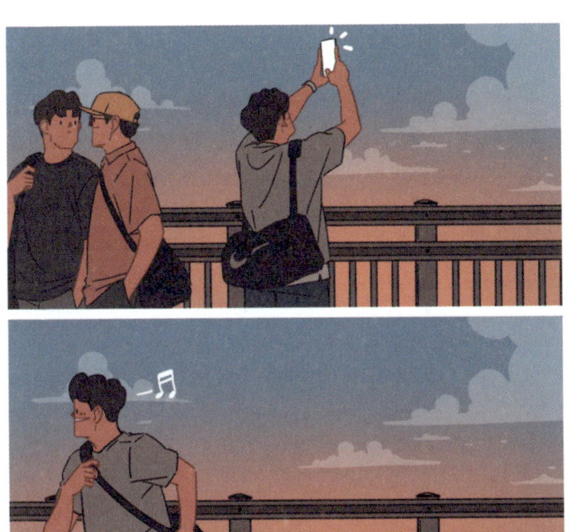

세상에 너 하나

수기

'이런 장난은 실례인가?'

'이건 너무 사적인 이야기일까?'

이렇게 나와의 간격이 몇 뼘인지
재어보지 않아도 되는 사람은……

세상에 너 하나야.

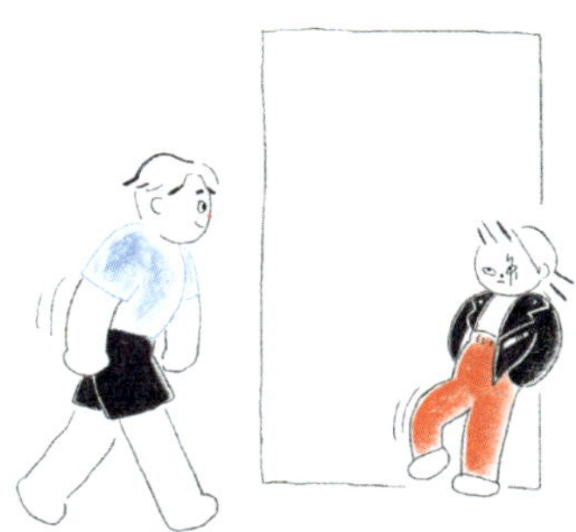

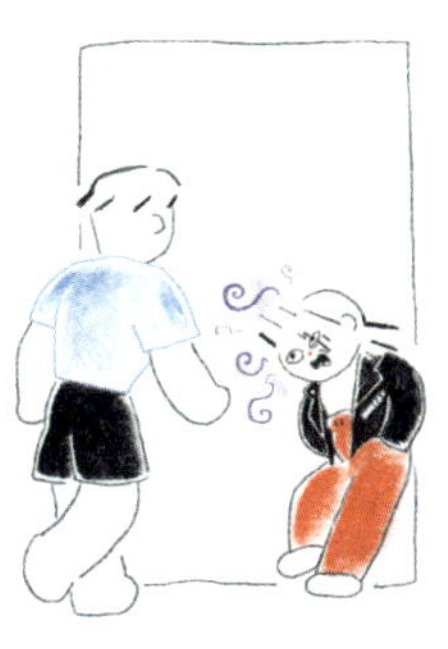

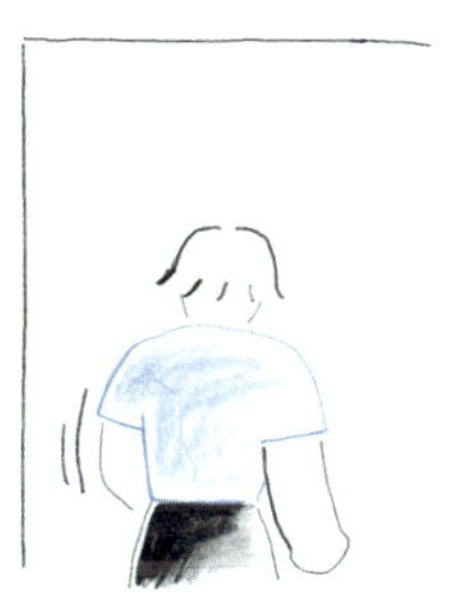

하나. 둘이라서 좋은 날들

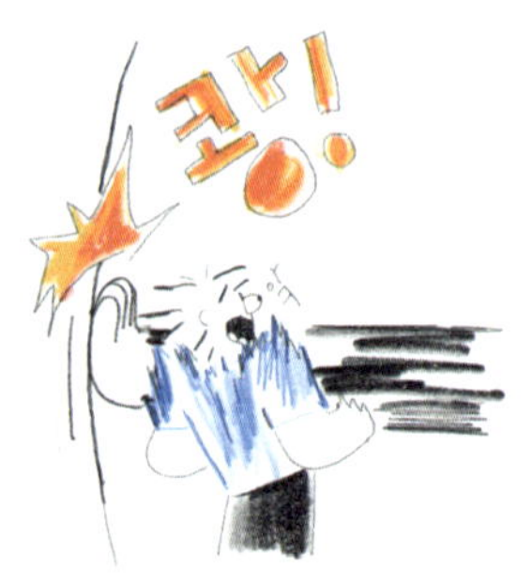

쾅!

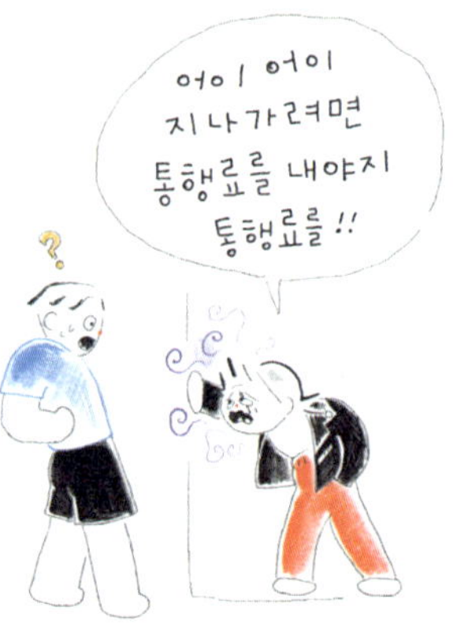

어이 어이
지나가려면
통행료를 내야지
통행료를!!
?

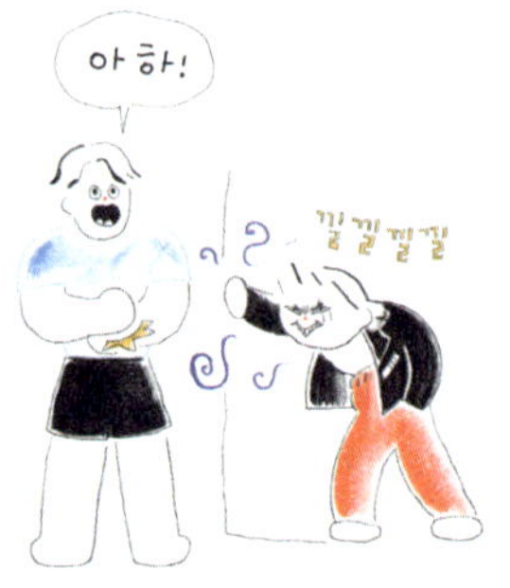

아하!
낄낄낄낄

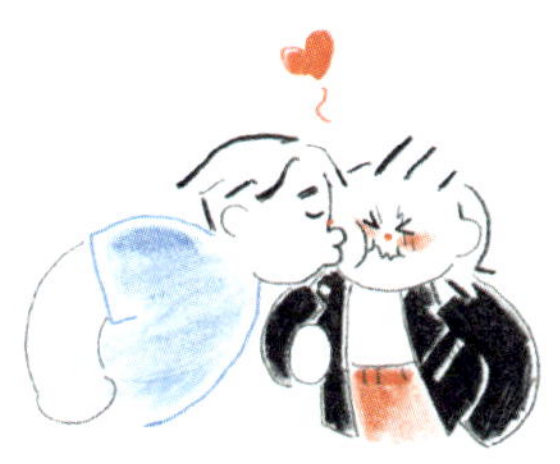

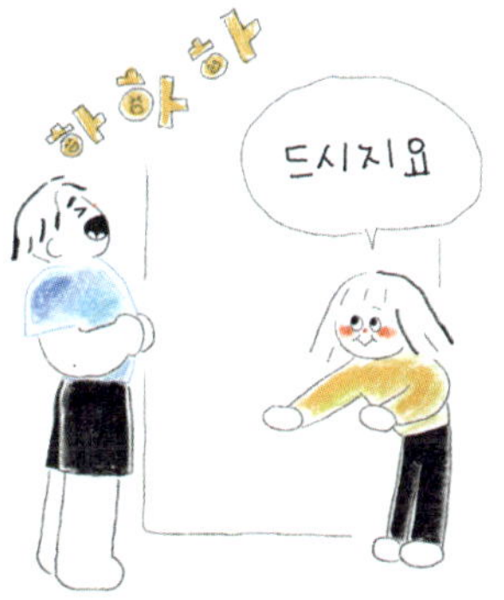
하하하
드시지요

사랑하는 사람이 옆에 있다는 것은

규영

"이따 또 만나자아~"

하루를 마치고 침대에 누웠을 때 네가 이렇게 말해주는 게 참 좋아. '내일 아침'이 아니라 '이따' 만나자고 하니까. 그 말은 몇 시간 뒤에 또 볼 수 있다는 말이고, 그 만남이 기다려진다는 말이기도 하잖아.

잠이 들 때 사랑하는 사람이 옆에 있다는 것은 오늘 하루도 잘 살았다는 증거이기도 하고, 아침에 눈을 뜰 때 사랑하는 사람이 옆에 있다는 것은 '오늘도 열심히 해보자' 하고 마음을 갖게 하는 동기가 되어주는 것 같아.

아, 그래서 어른들이 부부싸움을 해도 한 침대에서 자라고 하시는 건가 봐. 하하하.

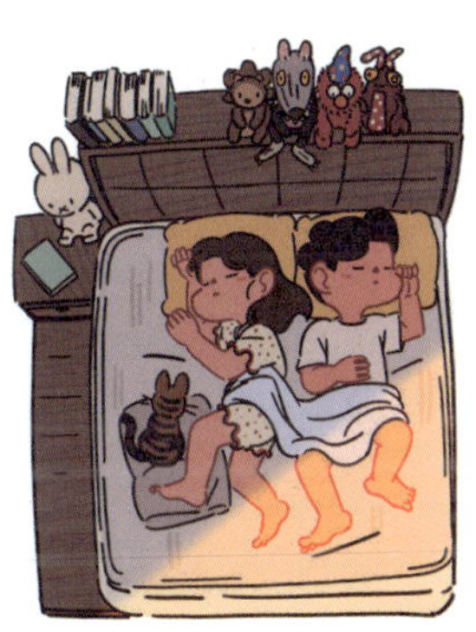

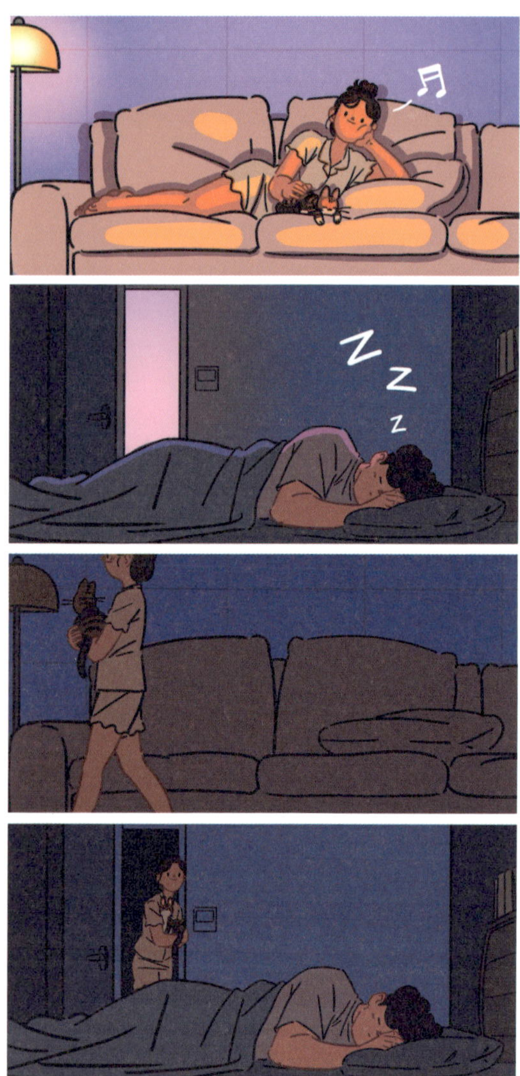

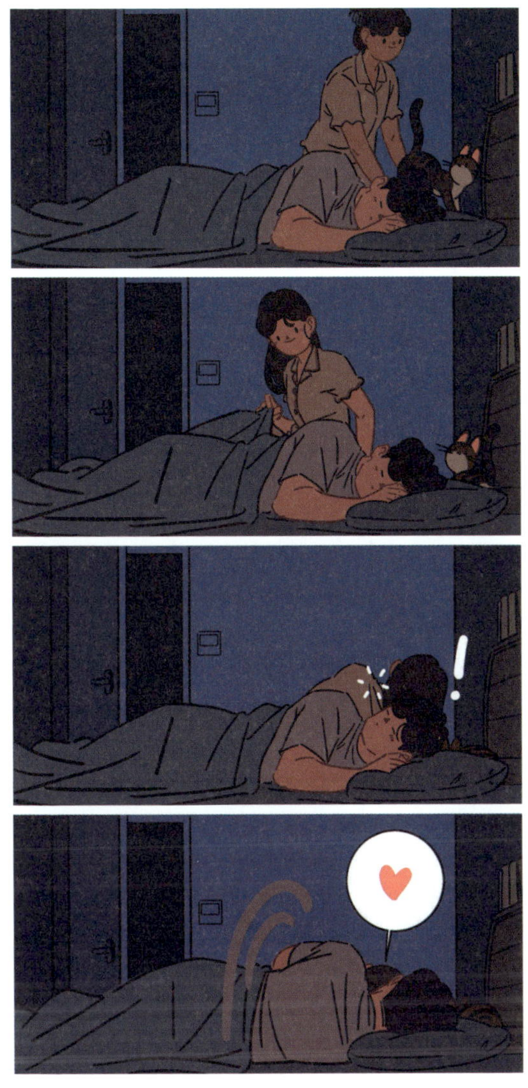

하나. 둘이라서 좋은 날들

짝꿍

수기

‘대전’ 하면 ‘성심당’

‘야식’ 하면 ‘치킨’

‘봄’ 하면 ‘꽃’

‘너’ 하면 ‘나’

‘쿵’ 하면 ‘짝’ 하고 따라오는 ‘짝꿍’

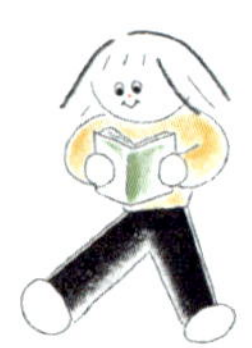

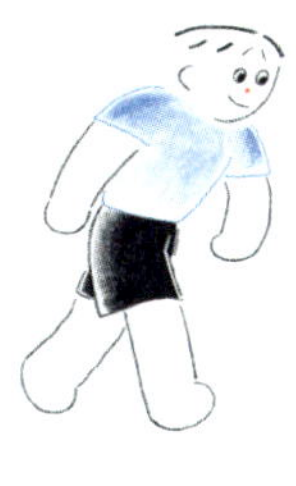
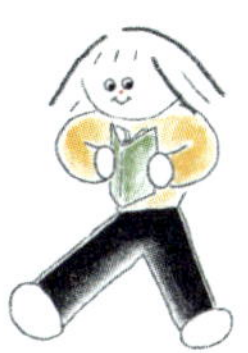
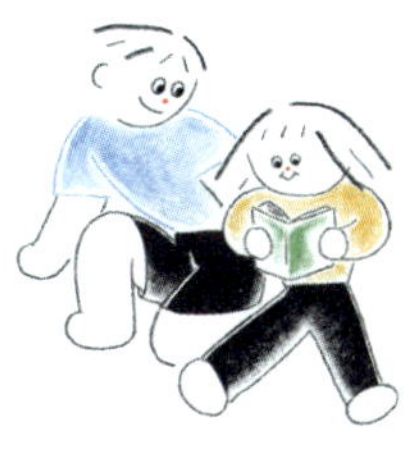
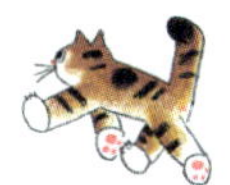
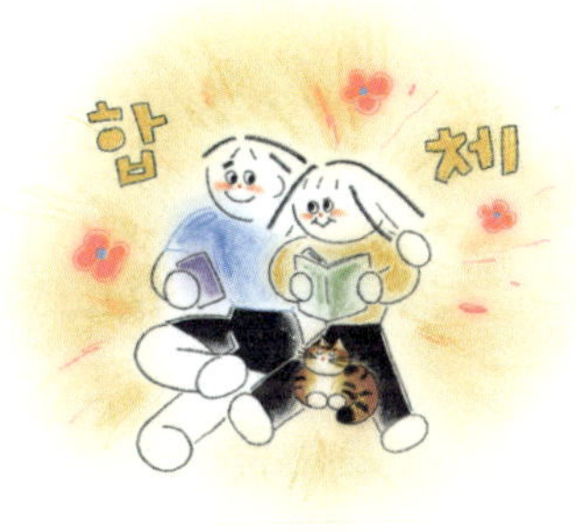

하나. 둘이라서 좋은 날들

마음 쓰는 일

규영

나는 I 성향을 가진 사람이지. 그것도 I 98퍼센트. 흔히 말하는 대문자 I인 나는 정말 내성적인 사람이야. 그러고 보면 MBTI(성격유형검사)라는 게 꽤 정확한 것 같아. 여러 사람이 함께할 때는 물론이고 어느 정도 친한 사이라 해도 단둘이 밥 먹을 때면 적지 않은 에너지를 쏟아야 하니까 말이야. 내가 생각해도 난 틀림 없이 I야.

어느 날은 우리가 자주 가는 식당에서 밥을 먹는데, 그날따라 사장님께서 기분이 좋으셨던 것도 같고 우리가 한층 친숙해졌는지 한참을 우리 옆에 서서 이야기하셨잖아.

처음에는 재미있게 들었는데 이야기가 길어지니 나도 모르게 가식적으로 대답하고 있더라고. 그러다 보니 체력이 쭉쭉 빠지기 시작하고 밥을 먹었는데도 오히려 더 지친 상태로 집에 돌아왔지.

문득 이런 생각이 들었어.
'이렇게 인간관계에 예민하고 힘들어하는 내가, 어떻게 너하고는 매일매일 한집에서 붙어 지낼 수 있을까.'
사람에게 마음 쓰는 일이란 게 그런 것 같아. 진심이 가식이 되는 순간 그 관계가 힘들어지는 거지. 그래서 사랑하는 사람과는 종일 함께 있어도 힘들지 않나 봐. 늘 진심으로 대하니까.

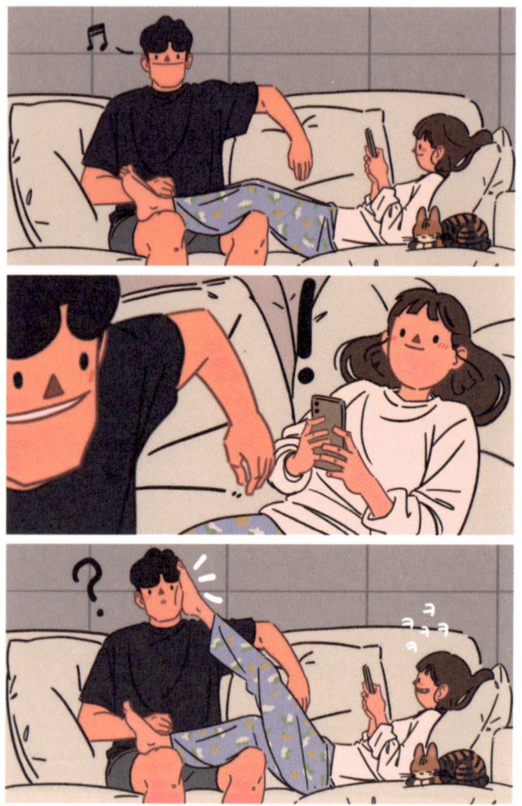

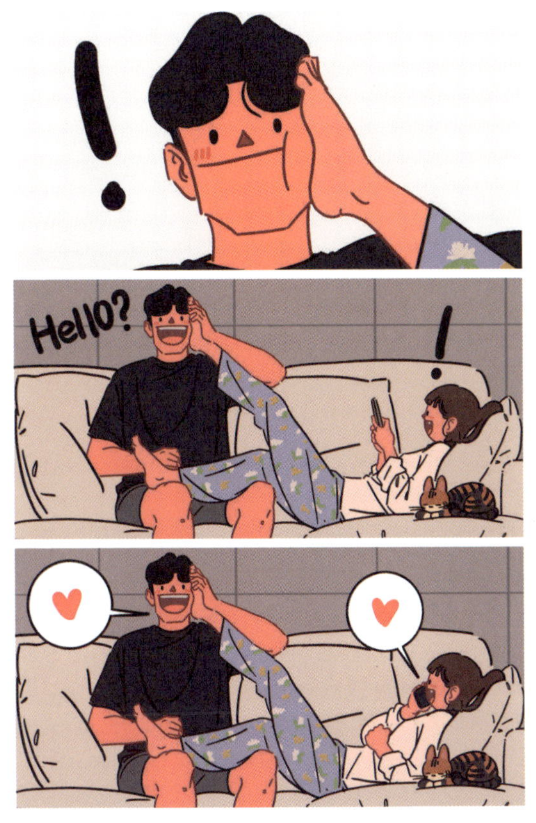

하나. 둘이라서 좋은 날들

DNA의 경고

수기

외부의 공격으로부터
가장 취약한 순간들 중 하나가
식사할 때래.

그래서 우리 DNA에는
편안함을 느끼고 믿을 수 있는 사람 곁에서
식사하라고 새겨져 있대.

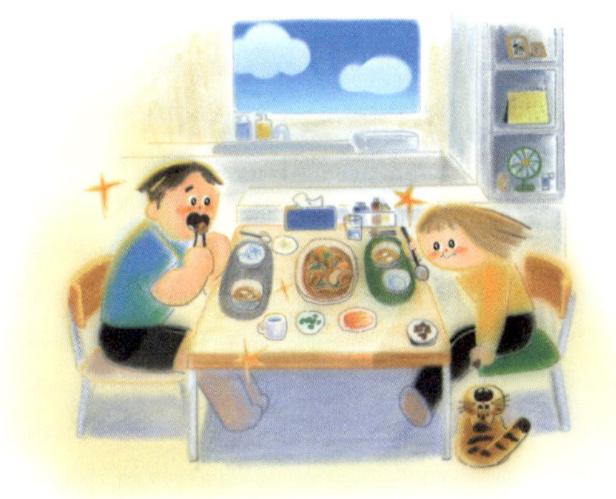

이렇게 말이야.

내일이 기대되는 오늘

규영

엊그제 마지막 눈이 내리더니 오늘은 제법 햇살이 따뜻해. 겨울이 가고 곧 봄이 오려는 것 같아.

우리가 살고 있는 아파트 단지에서 나오면 도로 양쪽에 벚꽃나무로 가득한 가로수 길이 있잖아. 그 길을 걷다가 혹시나 봉오리가 조금이라도 나오지 않았을까 싶어서 나뭇가지 끝 쪽을 유심히 살펴보았어. 근데 아직 조금 더 기다려야 될 것 같더라고.

그 순간 '왜 나는 벚꽃이 피기를 기다리는 걸까?' 생각했어. 벚꽃이 만개해서 세상이 분홍빛으로 물들어 있는 때를 기다리고 있는 걸까? 그게 아니라 벚꽃이 피면 벚꽃 구경을 가자고 했던 너와의 약속을 기대하고 있는 거였어. 그렇게 나는 매일매일을 기대하는 마음으로 살아.

사람들은 왜 이렇게도 시간이 빨리 가느냐며 시간을 붙잡고 싶어 하는데, 난 이상하게도 시간이 더 빨리 갔으면 좋겠다는 생각을 해. 항상 좋은 일만 있지는 않겠지만, 앞으로 얼마나 더 재미있고 행복한 일들이 일어날지 기대하는 마음이 크거든. '내일은 벚꽃 봉오리가 맺히지 않았을까' 하는 그런 기대 말이야.

너와 함께하는 하루하루가 기대돼

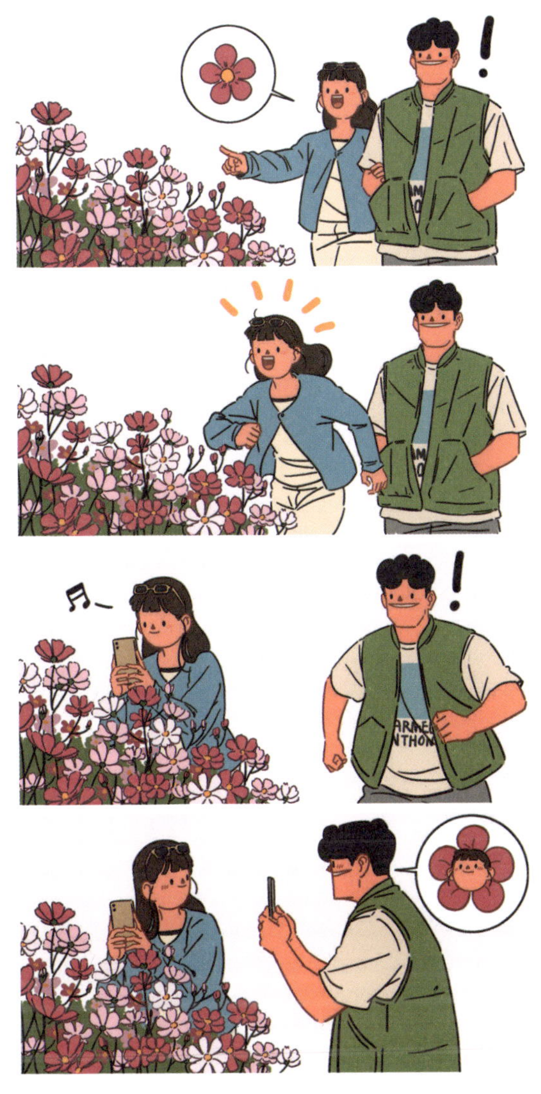

하나. 둘이라서 좋은 날들

봄과 너

수기

봄과 너의 공통점은
어쩔 수 없이 설렌다는 거야.

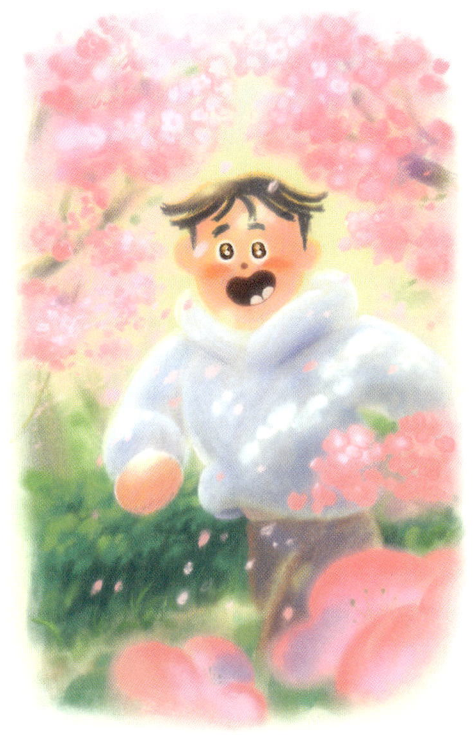

러브스토리의 주인공

규영

어디선가 달달하고 애틋한 사랑 이야기를 듣거나 글을 읽고 있을 때면, 나도 모르게 그 이야기 속 남녀 주인공의 모습을 상상하게 돼.

근데 하나같이 잘생긴 미남과 사랑스러운 미녀가 떠올라. 로맨스 드라마나 영화 속 주인공들이 워낙 멋지고 아름다운 분들이라서 그런 걸까 싶기도 하지만, 그보다는 우리가 실제로 사랑하는 순간들이 아름답고 예쁘게 느껴지기 때문에 그 주인공이 멋지고 사랑스럽게 보이는 것 같아. 사랑하면 서로를 주인공으로 만들어주니까.

가끔 오프라인 행사에 참여하면서 내 그림을 좋아해주시

는 분들을 만날 때가 있는데, 그 순간들이 괜히 부끄럽고
두려운 이유도 그 때문이 아닐까. 하하하.

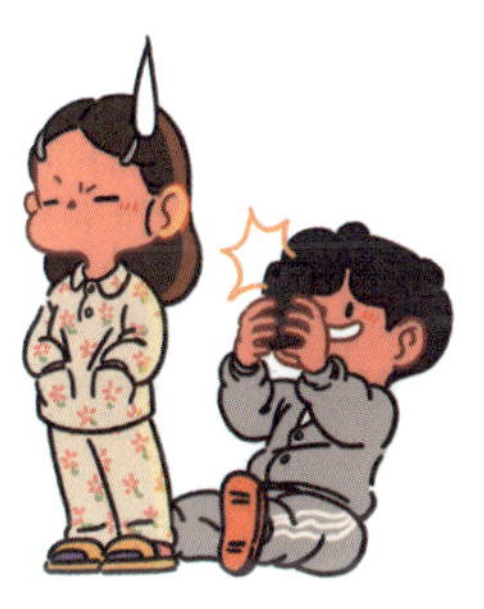

우리 러브스토리의 여주인공 ♥

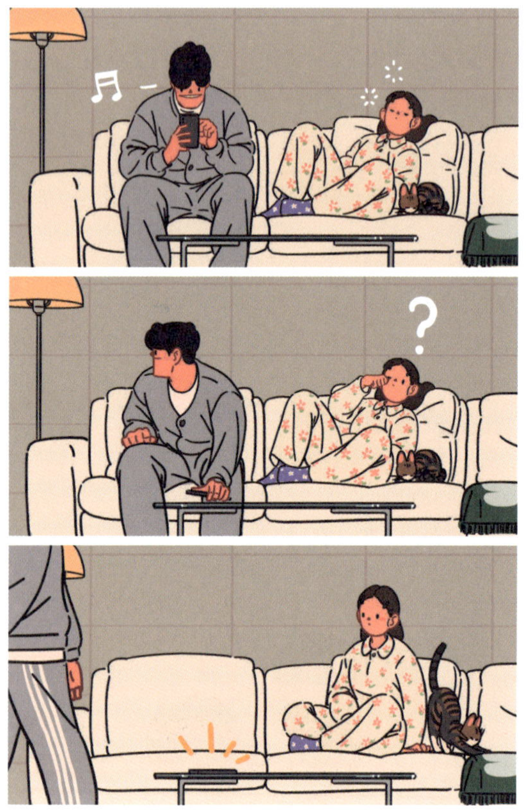

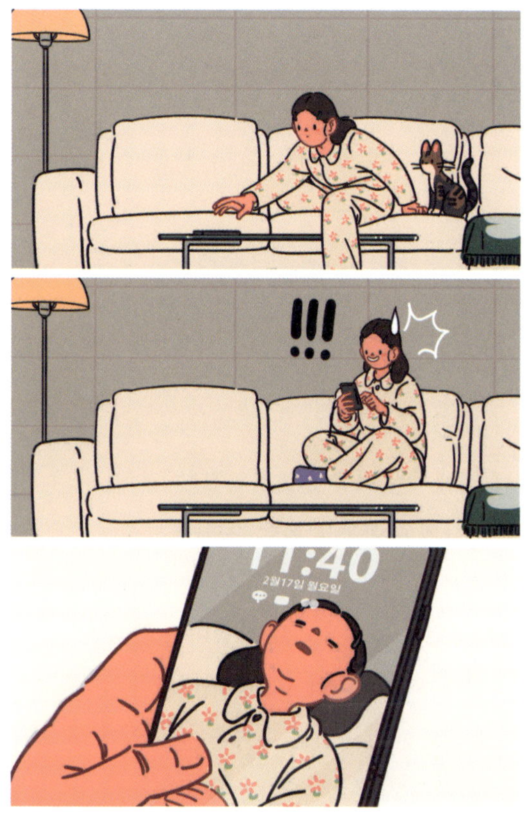

하나. 둘이라서 좋은 날들

숨겨둔 귀여움

나는 네 앞에서는 마음껏 귀여워질 수 있어.
숨겨왔던 나의 귀여움을 뽐낼 수 있어.

평소보다 4도는 높은 소리로 옹알이를 할 수도,
요즘 유행하는 춤을 따라 흐느적거리거나
비밀리에 연마한 개인기를 보여줄 수도 있어.

너는 내 모든 것을 사랑한다는 믿음이 있기에
나는 오늘도 마음껏 귀여울 수 있어.

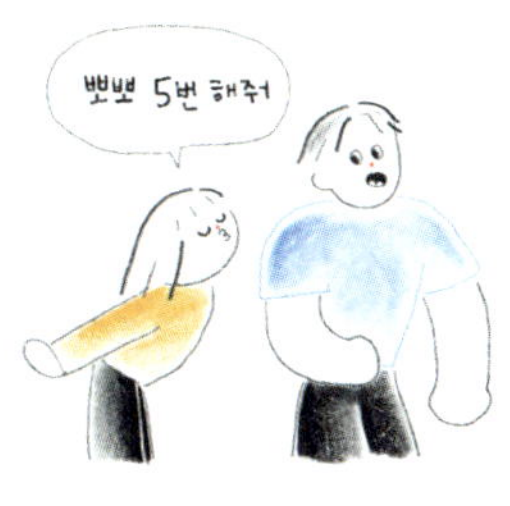

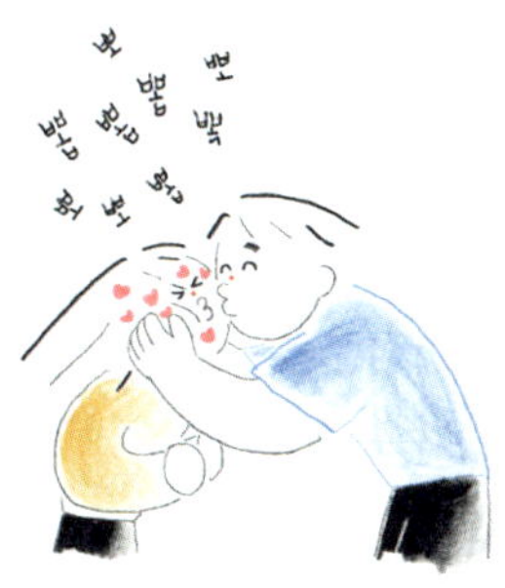

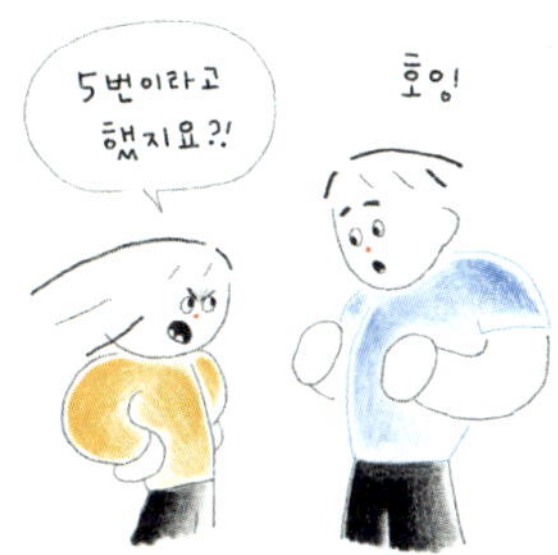

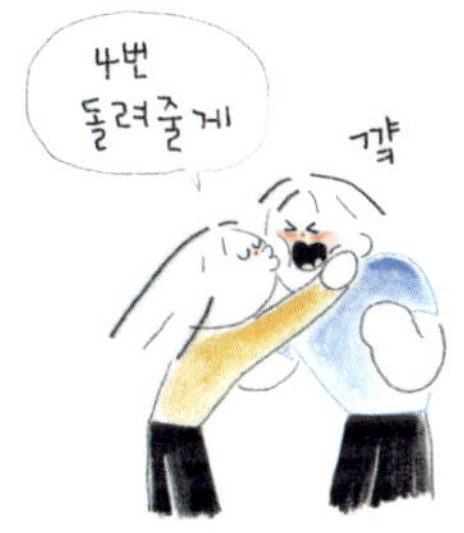

하나. 둘이라서 좋은 날들

네 배 더 좋아

규영

우리는 연애 4년 차에 결혼해서, 이제 결혼 8년 차에 접어 들었으니 벌써 12년이라는 시간을 함께한 셈이네. 그만큼 쌓인 추억도 많아. 그래서 함께했던 순간들을 하나씩 꺼내어 이야기할 때면, 그 많은 기억을 같이 추억하니 행복도 두 배가 되는 것 같아서 참 든든하고 좋아.

그런데 가끔은 내가 생각지도 못했던 것들을 네가 기억해 말해줄 때도 있고, 반대로 네가 생각하지 못했던 것들을 내가 기억해서 말해줄 때도 있어. 그럴 때면 '같은 추억을 공유하면서도 서로가 눈에 담아두는 장면과 느끼는 감정,

마음에 새겨놓는 것들이 이렇게 다를 수도 있구나' 싶어 참 신기해. 그리고 이렇게 서로가 잊고 있던 추억을 대신 기억해주니 소중한 순간들을 더 많이 기억하고 간직할 수 있어서, 이 역시 두 배로 더 좋아.

그렇게 두 배씩 더 좋으니까 네 배 더 행복해지는 것 같아.

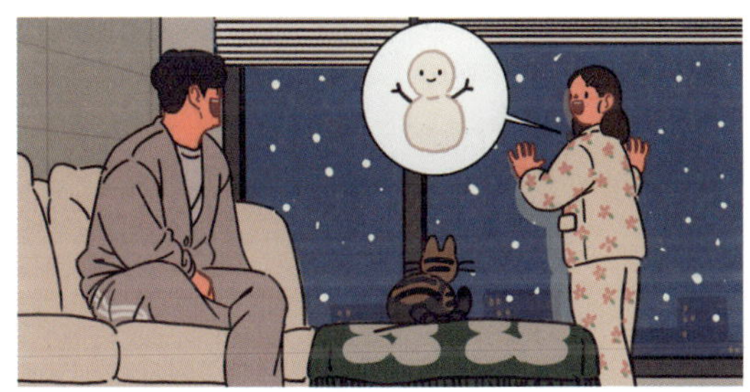

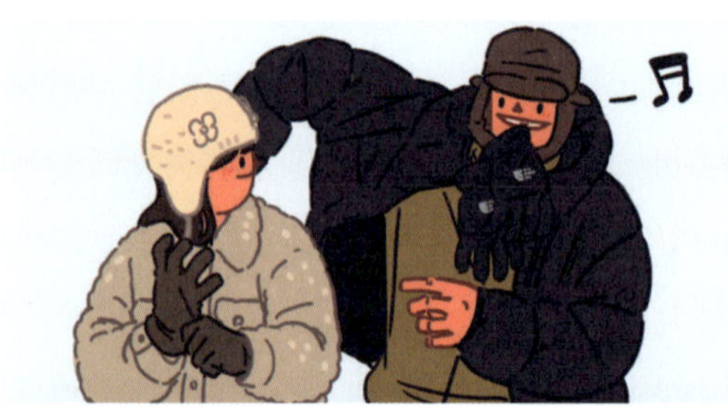
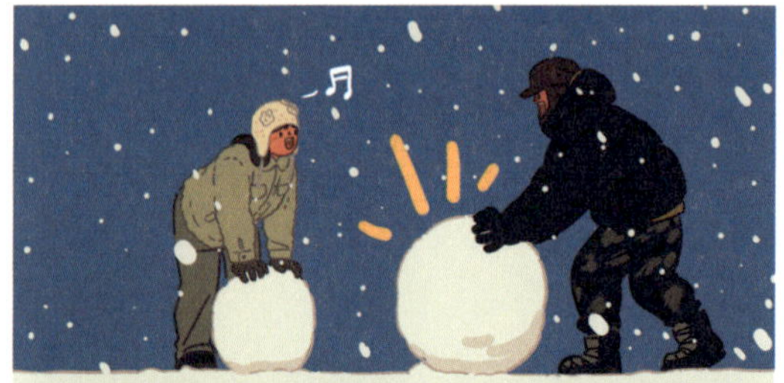
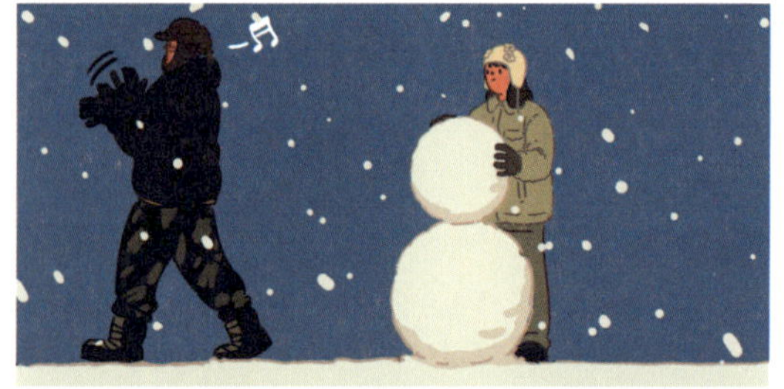
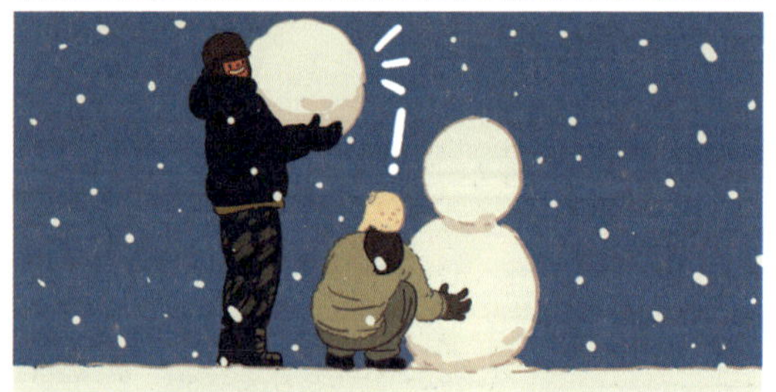

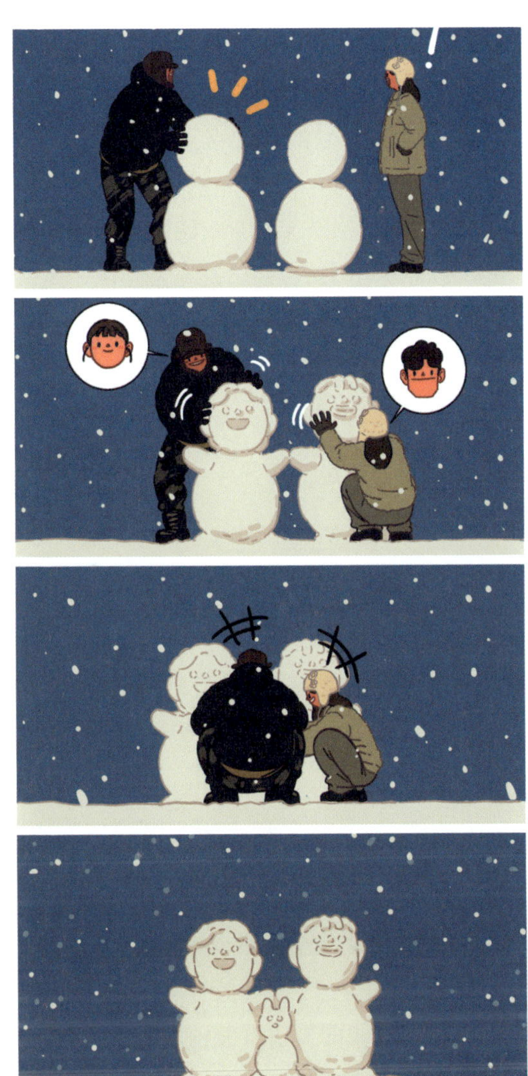하나. 둘이라서 좋은 날들

나, 성공했나 봐

성공한 삶이란
값비싼 레스토랑을 김밥천국처럼 가고,
명품매장을 다이소 가듯 가는 건 줄 알았는데,
아닐지도 모르겠어.

너의 손을 잡고
코끝에 살랑이는 계절 냄새를 맡을 때,

흔들리는 꽃이나 희한한 무늬의 동네 고양이같이
금방 까먹을 소소한 이야기에도

눈 맞추고 까르르 웃을 때,

네가 좋아할 것 같은 것으로 가득한
내 장바구니를 볼 때,

오늘 있었던 재밌는 이야기를
입끝에 달고 너에게 갈 때,

코로롱 코 고는 소리에 깨어보니
왼쪽 어깨엔 겨울잠 자는 곰처럼 굽혀 누운 네가,
오른쪽 옆구리엔 보드랍고 따뜻한 치치가
쌕쌕 자고 있을 때,

그때 이런 생각이 들어.

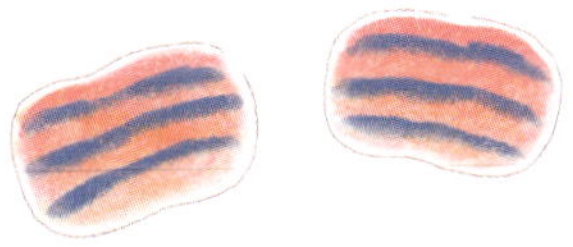

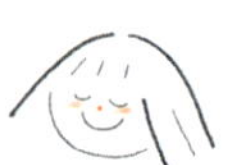

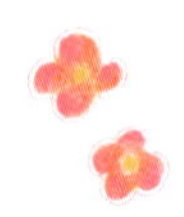

아, 나 다 갖추고 사는구나.

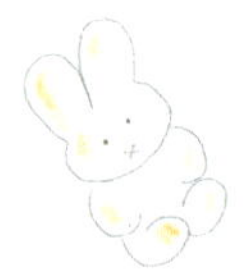

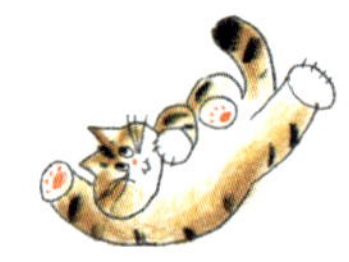

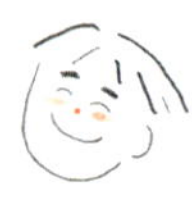

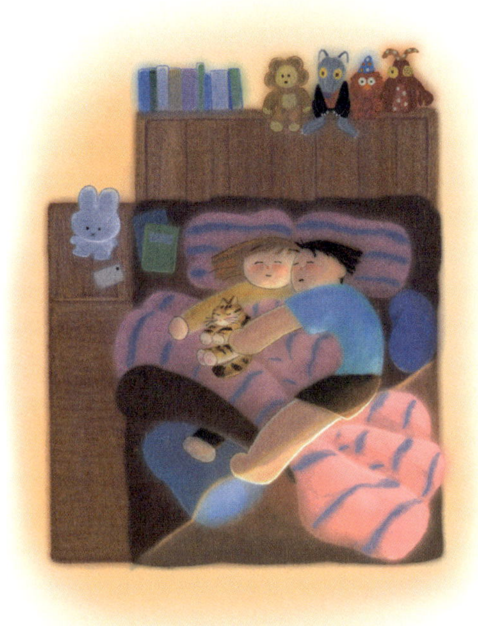

하나. 둘이라서 좋은 날들

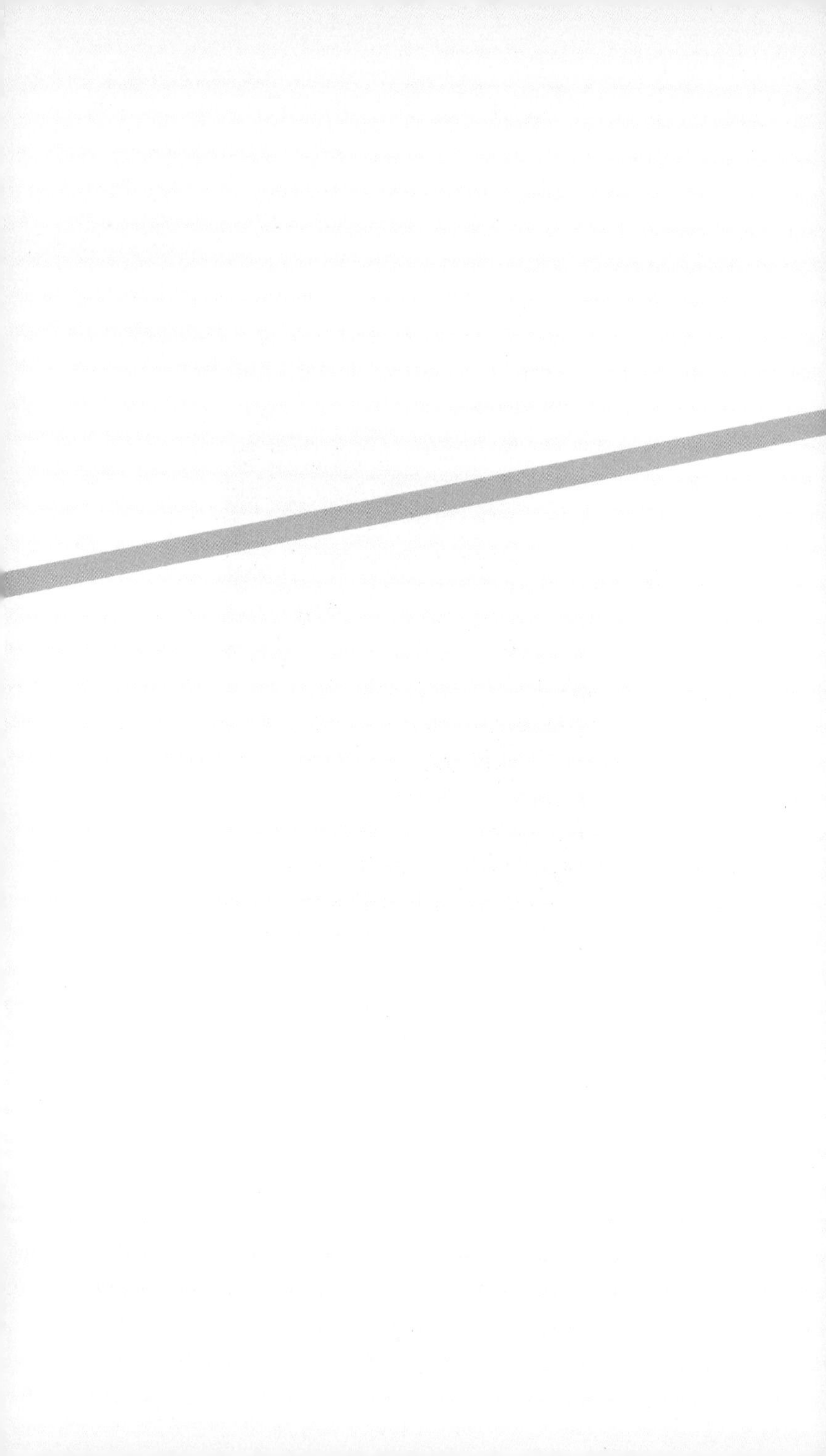

둘

오래 함께하고 싶어요

이번 생에서 '사랑해'라는 말을

몇 번이나 할 수 있을지 모르겠지만,

되도록 많이 많이 하고 싶어.

사랑해. 고마워.

네 덕에 나는 정말이지 행복해.

from. 수기

오래오래 같이 살고 싶어서

수기

허리를 둥글게 말고 다리를 야무지게 끌어모아
쪼그려 앉으면 엄마 품같이 아늑하고,
폭신한 소파에 파묻혀 따스한 레몬 빛 햇살 이불 덮고
드는 낮잠은 핑크색 솜사탕처럼 달콤해.
날치알 주먹밥 위에 올린 새빨간 닭발이나
흰 우유 한 컵 넣어 부드럽게 끓인 까르보 불닭같이
혀가 아플 만큼 자극적인 음식은 내 입을 즐겁게 하고,
운동은 숨 쉬는 것만으로 충분한 것 같아.

그럼에도 불구하고 나는

꼬여 있는 다리를 살포시 풀고,
식곤증과 소파의 유혹을 뿌리치고
척추를 곧게 세워서 앉아.
베이지색, 연두색의 수수한 음식들과 친목을 쌓아가고,
일주일에 네 번, 한 시간씩 수영을 해.

저런 짜릿하고 달콤한 일들을 다 이길 정도로
너랑 있는 게 좋아서.
너랑 오래오래 같이 살고 싶으니까.

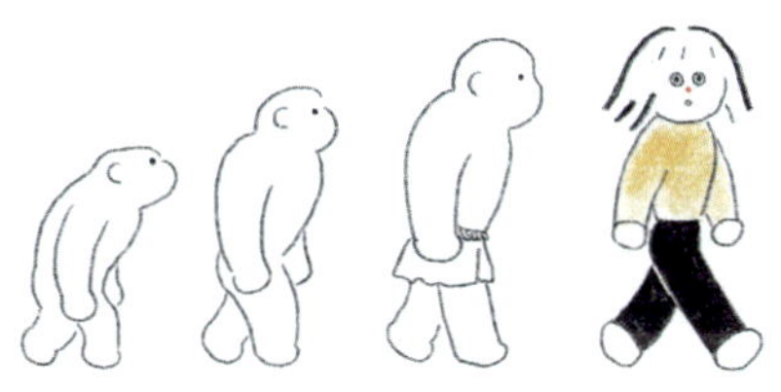

둘. 오래 함께하고 싶어요

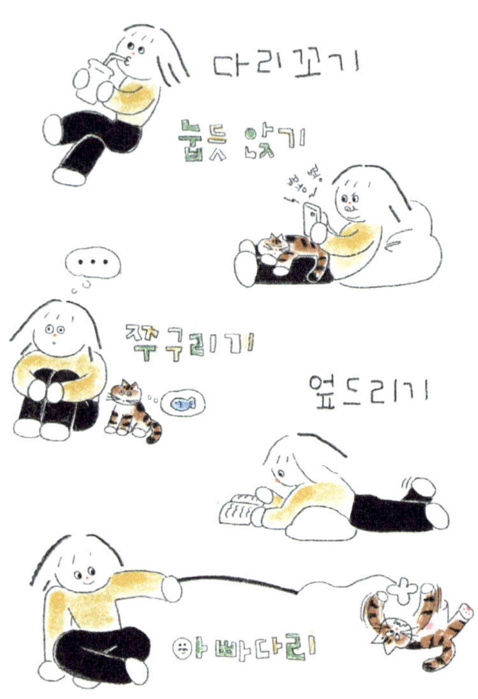

다리꼬기
눕듯앉기
쭈구리기
엎드리기
아빠다리

이런 자세가 편할 거면

이게 건강한 자세여야

하는 거 아닙니까?!

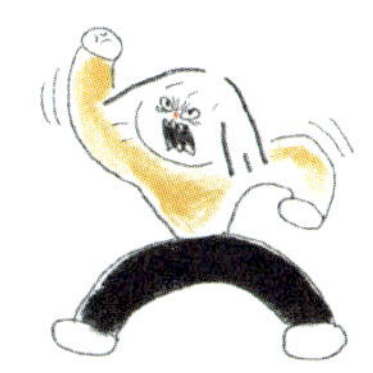

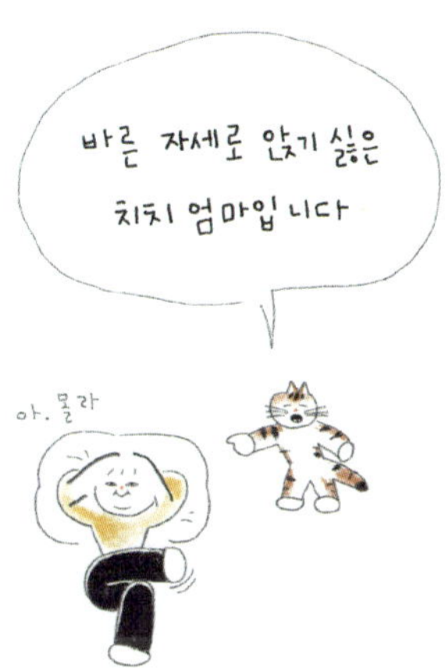

둘. 오래 함께하고 싶어요

날 부지런하게 만드는 사람

규영

프리랜서라 매달 일정치 않은 수입에 이번 달은 지출도 많으니 외식, 배달은 줄이고 밥은 웬만하면 집에 있는 재료들로 해 먹어야겠다고 생각하던 날이었어. 저녁 시간 즈음 '뭘 해 먹으면 좋을까?' 하고 거실로 나가는데, 때마침 너도 방에서 나오는 거야. 그러더니 날 와락 껴안고는 사랑스러운 목소리로 말했지.

"남펴언~ 나 피자가 먹고 싶어~"

"오! 그럼 피자 시켜 먹자!"

그렇게 좀 전에 다짐한 금전적 계획은 잊은 채 배달 앱을 켜고 너랑 같이 거실 소파에 앉아 어떤 피자를 먹을지 골

랐어. 그때 문득 예전에 건대 쪽에 사주를 잘 보시는 분이 있다 해서 데이트 삼아 다녀온 날이 생각났어. 그날 그분이 말씀하셨지. 아내가 남편을 부지런하게 만든다고 말이야.

근데 다들 그렇지 않나? 내가 열심히 일하는 이유는 나 자신의 성취감 때문이기도 하지만 돈 많이 벌어서 사랑하는 사람에게 맛있는 거, 멋지고 좋은 거 사주고 싶기 때문이잖아. 그러니 앞으로도 일도, 사랑도 부지런히 해볼게! 아자!

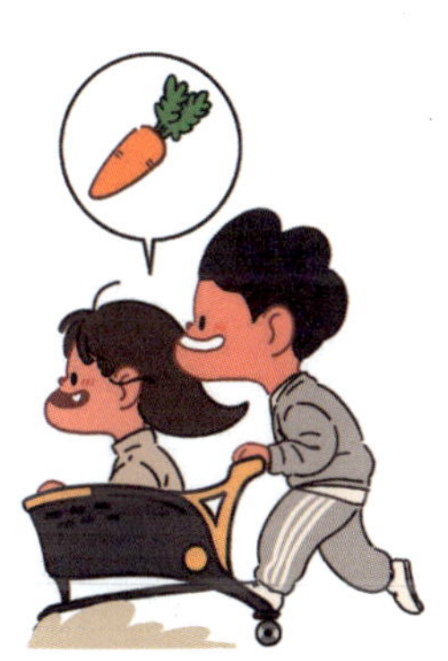

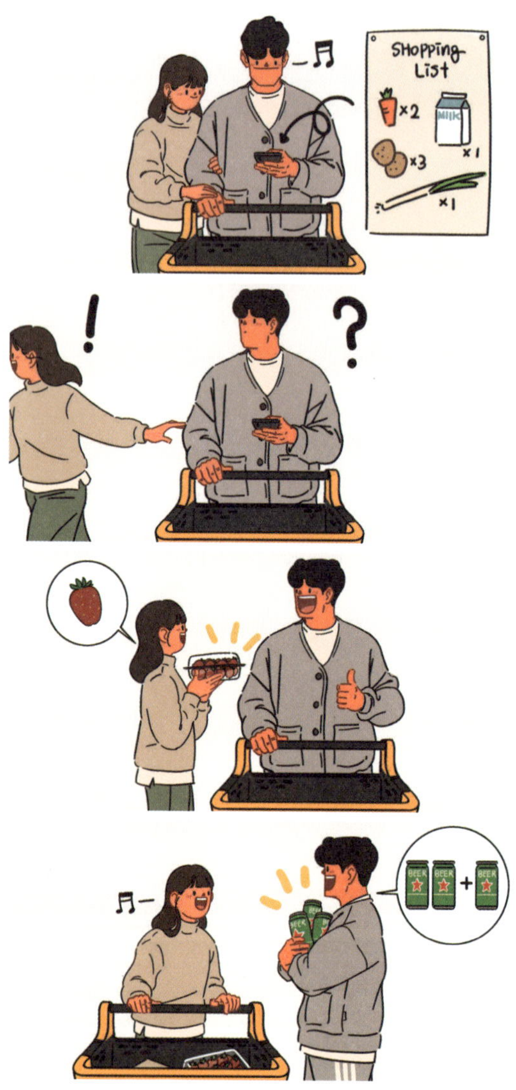

♪
SHOPPING LIST
×2
Milk
×1
×3
×1
!
?
BEER BEER + BEER
♪

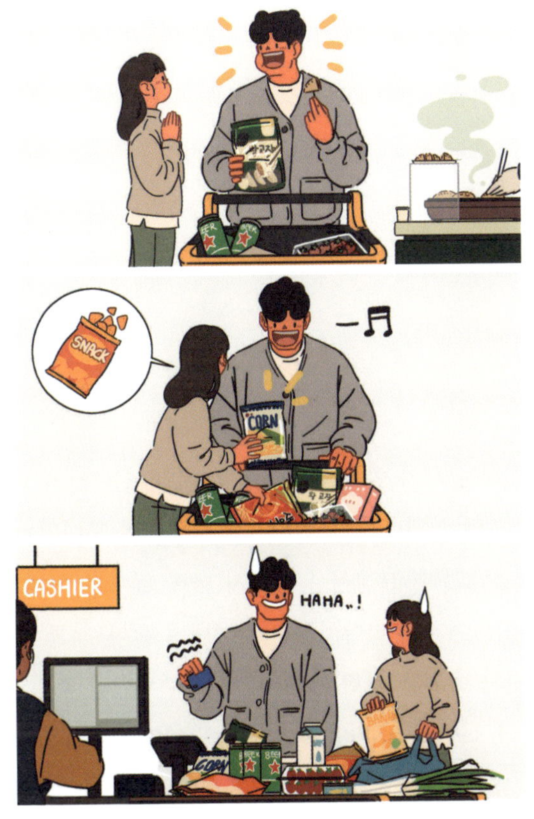

둘. 오래 함께하고 싶어요

비밀 소스

수기

불만이나 문제가 있을 때 바로바로 해결책을 찾아야 하는 나는, 그런 상황 앞에서 입을 닫고 동굴에 들어가버리는 네가 답답했어. 그래서 동굴까지 쫓아 들어가 이미 잔뜩 웅크린 너에게서 이야기를 끄집어내려 했어. 너를 나에게 맞추려는 욕심을 부린 거야. 우리는 부부이긴 하지만, 나는 나의, 너는 너의 마음이 있는데 말이야.

너 혼자 마음과 언어를 고를 수 있게 한 발짝 떨어져서 기다려보니, 네가 동굴에서 나오려고 노력하고 있다는 걸 알게 되었어.

어렸을 때 누군가와 싸우면 하도 혼이 나서 싸움은 나쁜 것인 줄만 알았는데, 잘 싸우는 것은 사랑을 더 맛있게 만들어주는 비밀 소스인 것 같아.

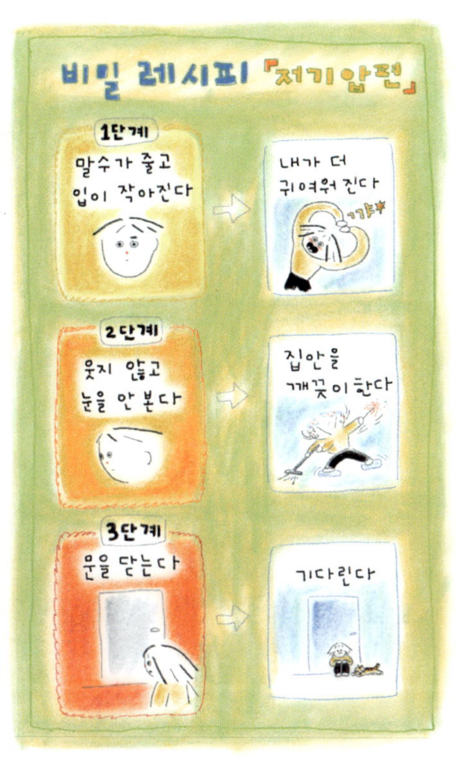

먼저 손 내밀게

규영

너와의 다툼은 늘 화나고 서운한 마음으로 시작되지만 결국은 미안한 마음으로 끝나는 것 같아. 처음에는 감정이 앞서다 보니 아무 생각도 나지 않는데, 조금 진정되면 이런 것들이 뭐가 그리 중요한가 싶으면서 '내가 조금 더 사랑하는 마음으로 너를 대했다면 싸우지 않았을 텐데' 하고 후회하게 돼. 그러다 네가 마음 아파할 것을 생각하며 애를 태우지.

그런데 내가 화를 가라앉히며 머뭇거리고 있으면 어김없이 네가 먼저 다가와 나에게 미안하다고 말해줘. 그럴 때

면 네게 고맙기도 하고, 내가 참 많이 부족하다는 생각이
들어. 그래서 다짐하지. '다음에는 내가 먼저 미안하다고
해야지' 하고 말이야.

사랑하는 사이에서 싸움이 없는 것보다 오히려 성숙한 싸
움은 필요하대. 성숙하게 싸우는 비법 같은 게 따로 있을
까. 크고 작은 다툼에서 상대의 마음도, 내 마음도 헤아리
려고 노력하다 보면 서로를 알게 되고, 그러면서 조금 더
성숙하고 단단한 사랑을 하는 부부가 되어가는 거겠지.

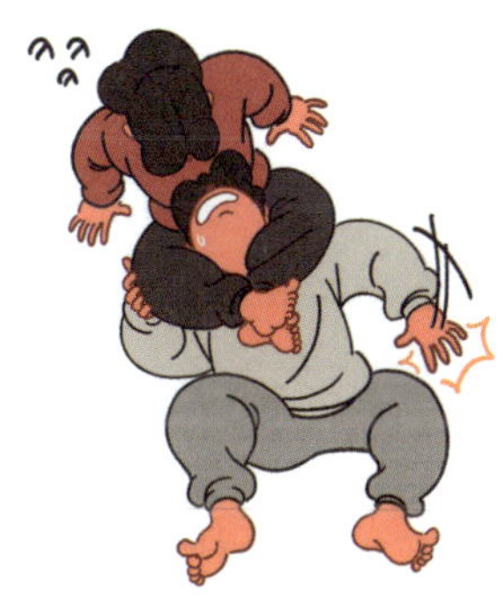

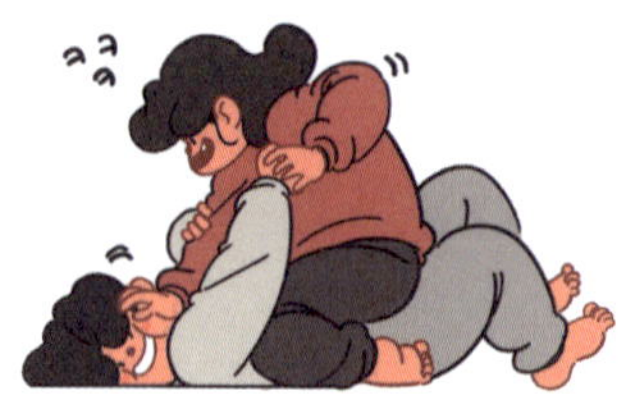

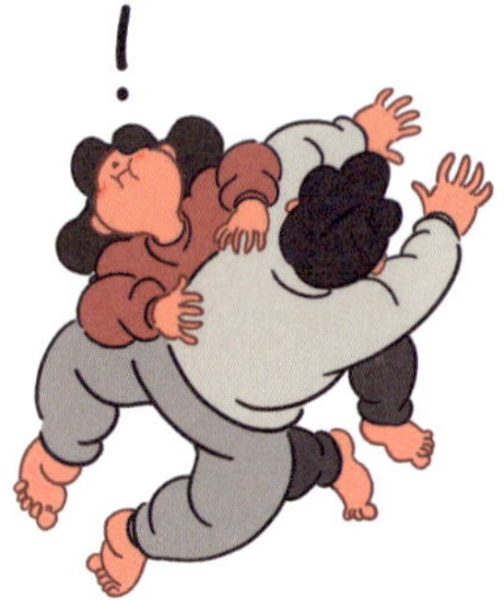

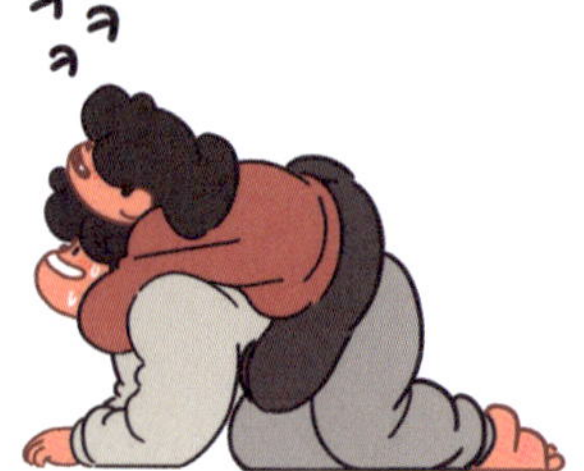

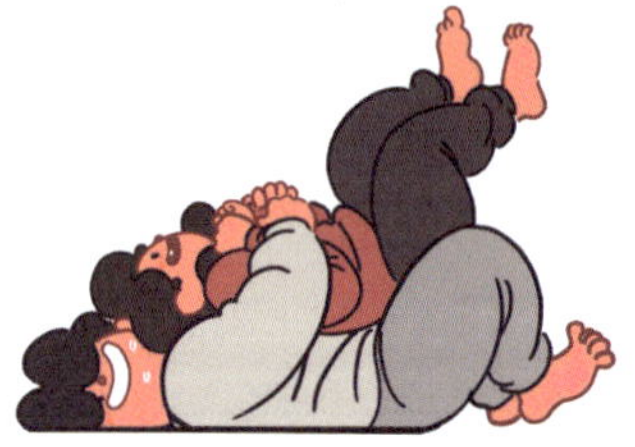

싸울 때도

사랑하는 마음만 있으면 🤍

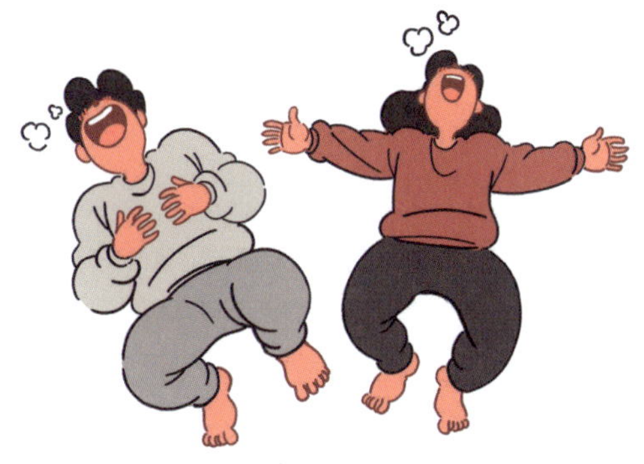

너의 낭만

수기

네가 또 좋아진 순간을 기억해.

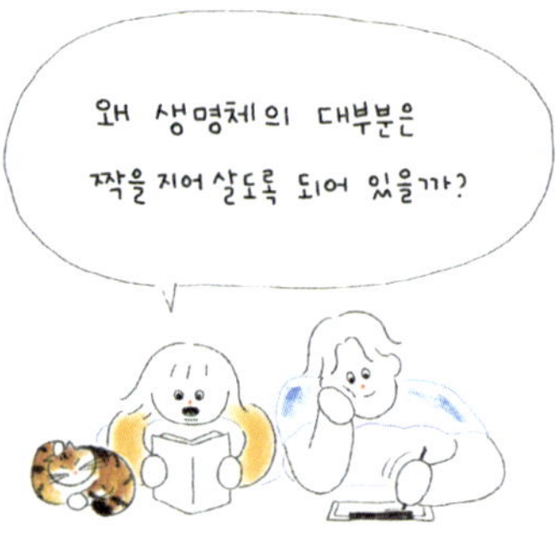

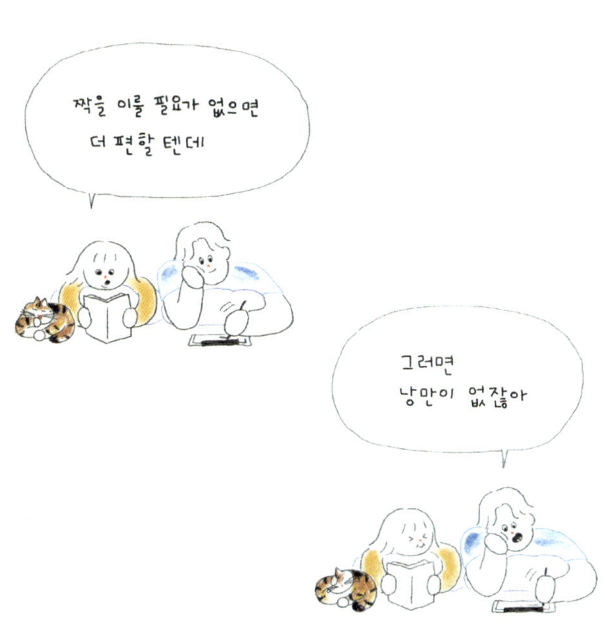

그런 낭만적인 생각을 아무렇지 않게 하는
네가 참 좋아.

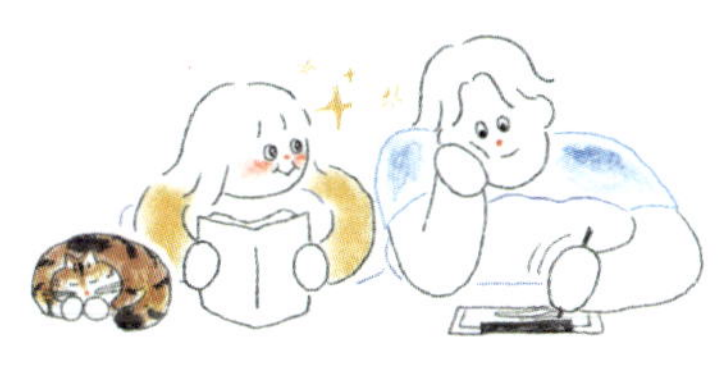

둘. 오래 함께하고 싶어요

행복에도 조건이 있을까

규영

흔히들 "돈이 최고다" "돈이면 다 된다"는 말을 하는데, 요즘 같은 세상에 그런 말이 이해가 안 되는 것은 아니지만 어쩐지 썩 동의하고 싶지는 않더라고. 마치 세상에서 돈이 전부라고 말하는 것 같아서 말이야. 너무 낭만이 없잖아.

한번은 우리 부부를 옆에서 지켜봐온 친구 상현이가 나에게 이런 말을 한 적이 있어. "너희가 지금처럼 경제적으로 여유가 없었다면 이렇게 행복하게 살지 못했을 거야"라고 말이야. 아무래도 내가 많은 기업과 협업을 하기도 하고, 여행이나 일 때문에 해외에 자주 나가다 보니 경제적으로 여유가 있어 보였던 것 같아.

상현이 말을 들었을 때, 나는 '너 참 모르는 소리 한다'고 생각했어. 예전에 회사에 다니면서 받았던 월급이 세금 떼고 140만 원이 채 되지 않았을 때도, 퇴근 후 저녁 먹고 카페 갈 돈이 아까워서 아파트 단지 쉼터에 앉아 편의점에서 '투 플러스 원'이던 딸기우유, 초코우유를 사다 마실 때도, 그렇게 돈을 아끼고 아껴서 겨우 너랑 휴가 맞춰 여행을 다녀왔을 때도 우린 행복했잖아. 그 시절을 생각하면 '그때도 참 행복했지'라고 생각하지, '그때보다 지금이 더 행복하지' 하는 생각은 들지 않아.

세상 사는 게 돈 없이는 힘들다지만, 사랑하는 마음 없이, 이런 낭만 없이 사는 것이 더 힘들지 않을까.

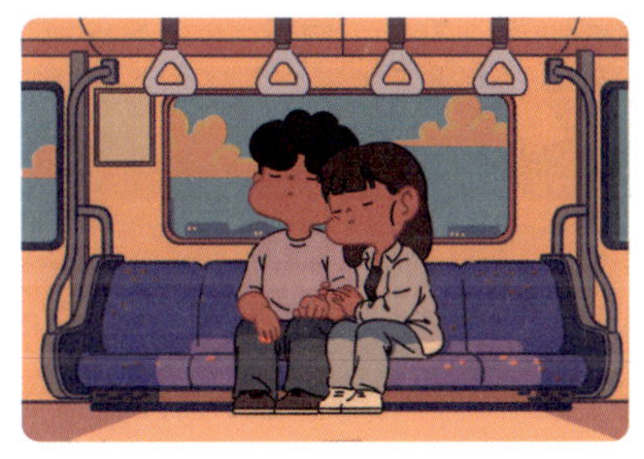

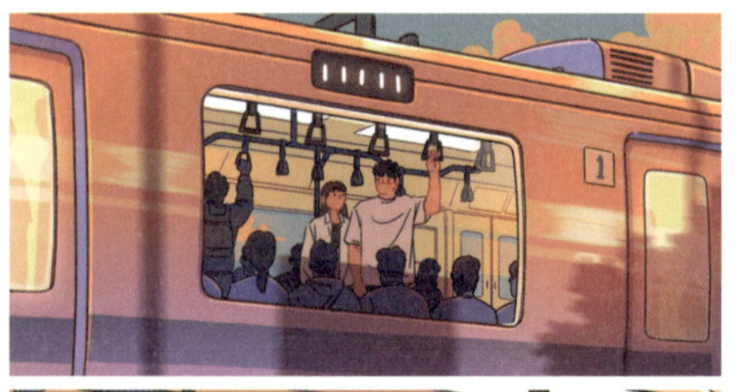
1

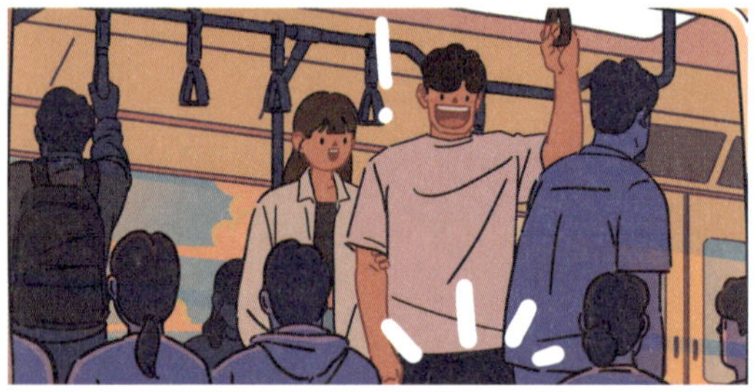

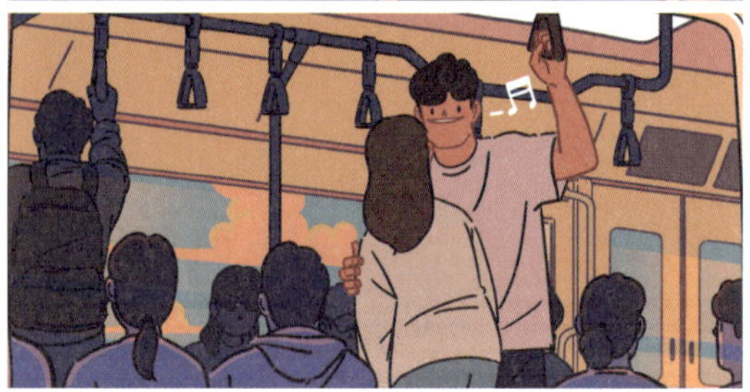

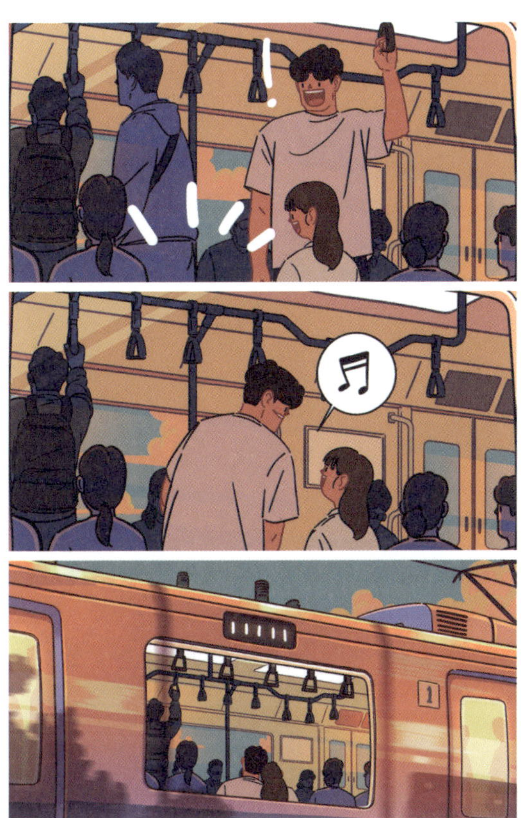

둘. 오래 함께하고 싶어요

거기까지만

네가 있으면
톡 하고 부딪혀도 "아야!" 해.

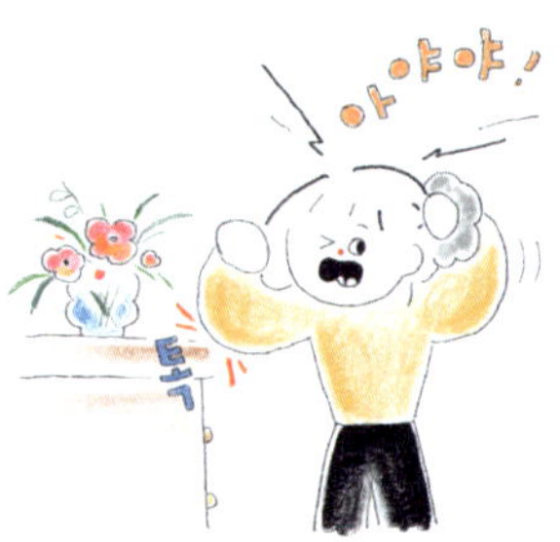

네가 없으면
빠! 하고 부딪혀도 "읍" 하고 말아.

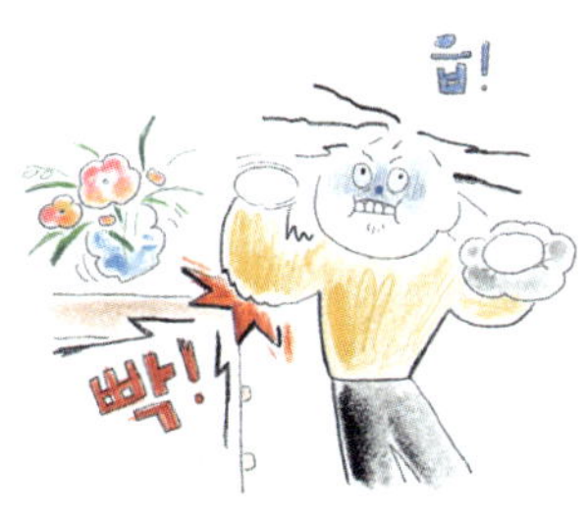

널 만나면
푸른 멍을 내보이며 "힝" 해.

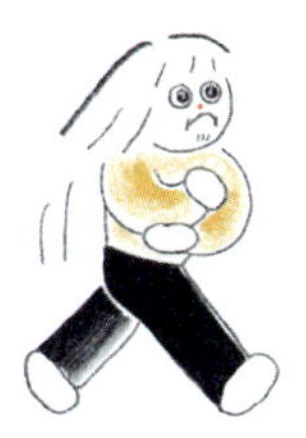

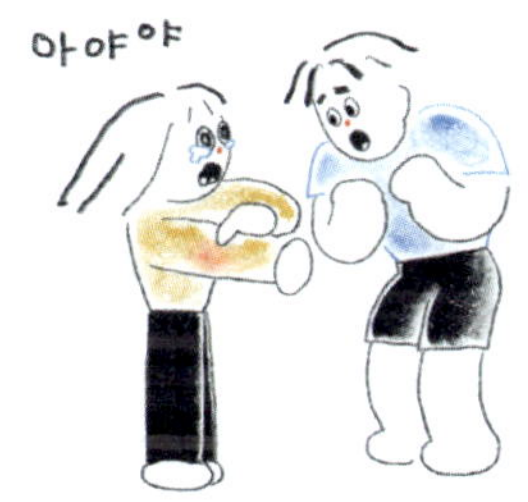

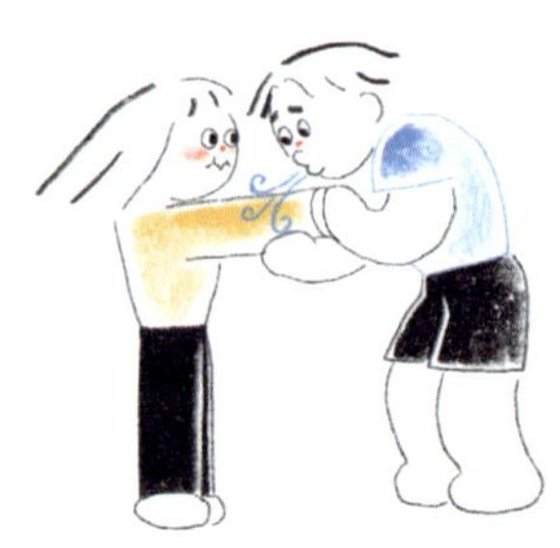

그럼 너는
"아이구 아이구 아프겠다. 어쩌다 그랬어요.
조심하라고 했지요! 내가 못 살아 정말!
잘 보고 조심조심 움직이라고요!"라고 해.

나는
'아이구 아이구 아프겠다. 어쩌다 그랬어요'
까지만 듣고 싶은데.

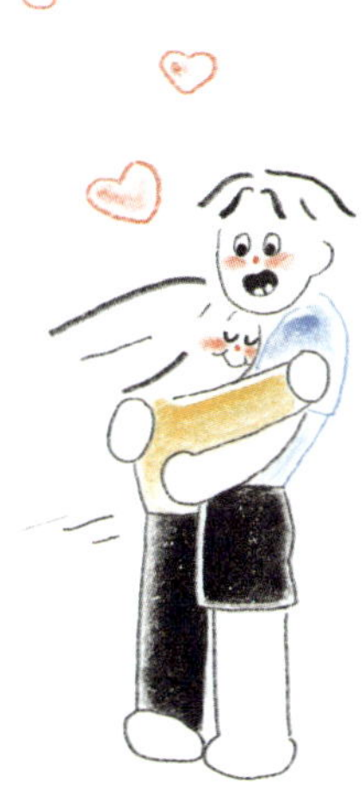

그게 사랑이었어

규영

청소나 설거지 같은 집안일을 도맡아 하다 보면 괜스레 "아고고~" 하고 티를 내게 돼. 너에게 눈치를 주는 것은 아니야. 그저 나도 모르게 입 밖으로 새어 나오는 거거든. '힘들면 힘들다고 말하면 되지, 그 한마디를 못 하고 왜 티를 내냐.'
이렇게 스스로 채근하는데, 어쩐지 자꾸 티를 내게 되네. 내가 귀찮고 힘든 일은 너 역시 그렇게 느끼는 일일 테니 말은 못 하겠고, 그냥 이런 내 마음을 알아주길 바라는 것 같아. '내가 지금 이거 하고 있으니 알아줘' 하고 말이야. 그런 순간에 난 꼭 엄마가 떠오르더라. 엄마도 집안일을 하시며 혼잣말을 많이 하셨거든. 그럼에도 엄마는 늘 한결같이 그 많은 일을 감당하셨어. 어떻게 그러셨을까.
근데 내가 차려준 밥을 네가 맛있게 먹어주고, 내가 청소할 때 네가 조금 더 편히 쉬는 모습을 보니까, 엄마의 마음이 어느 정도 이해되었어. 이제야 알겠어. 엄마의 모든 행동이 사랑이었다는 것을.

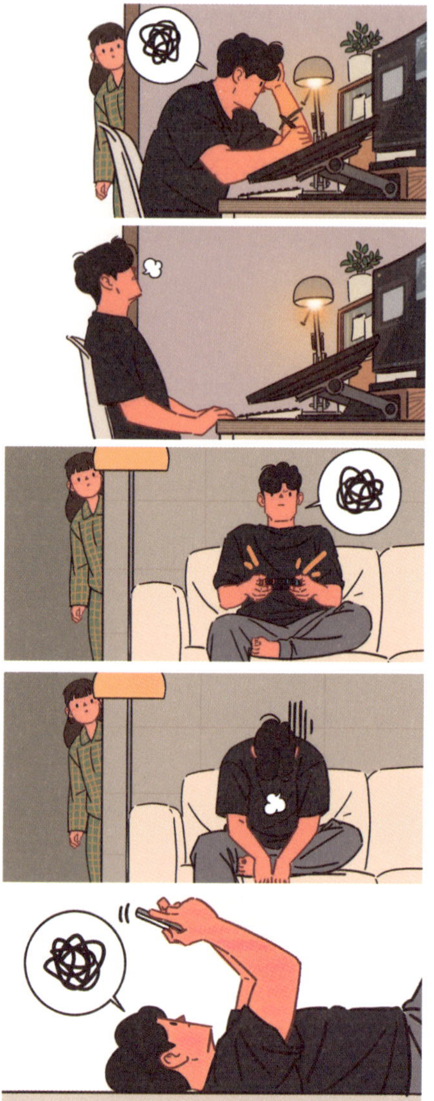

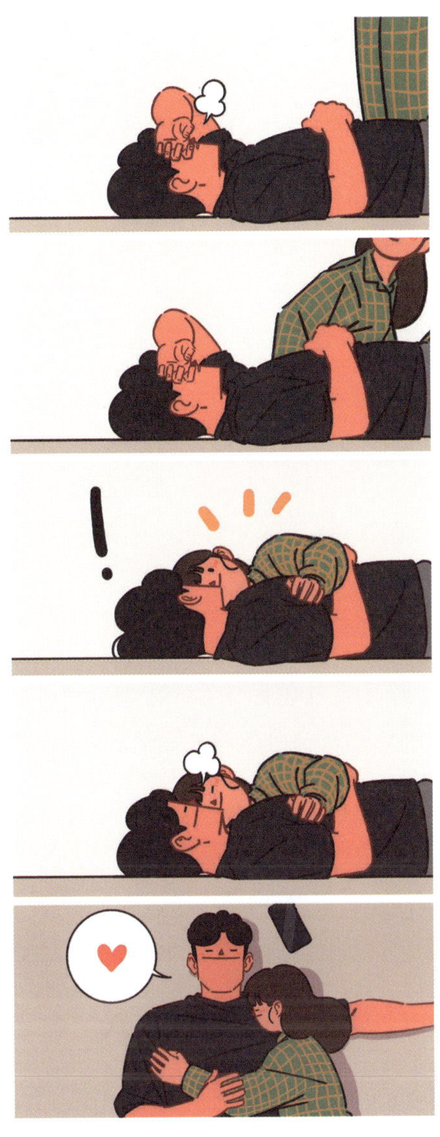

둘. 오래 함께하고 싶어요

둘이어서 괜찮은 게 아니라

수기

공허한 마음의 구멍을 메우고 싶었어.
그래서 맞지 않는 조각이란 걸 알면서도
덕지덕지 묻은 미련을 애써 꿰맞추고 있었는데,

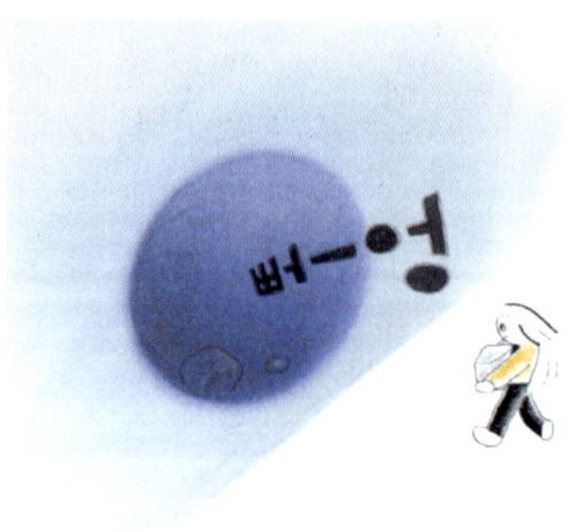

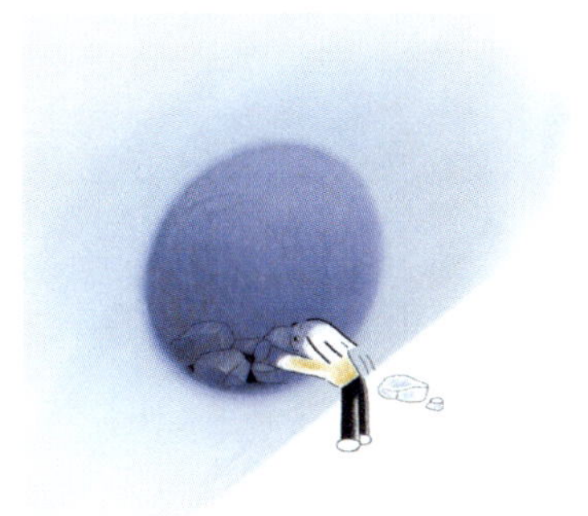

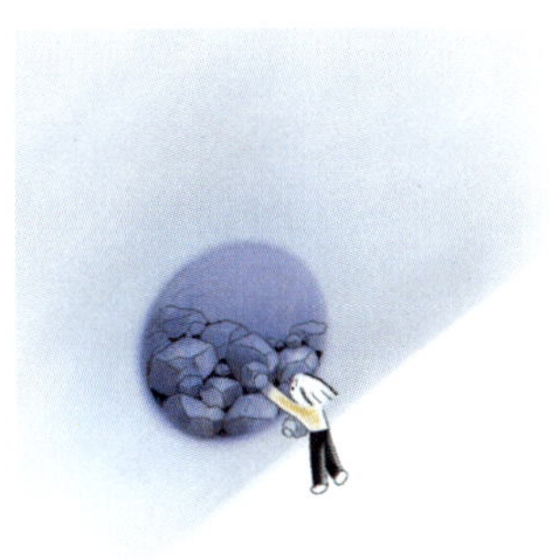

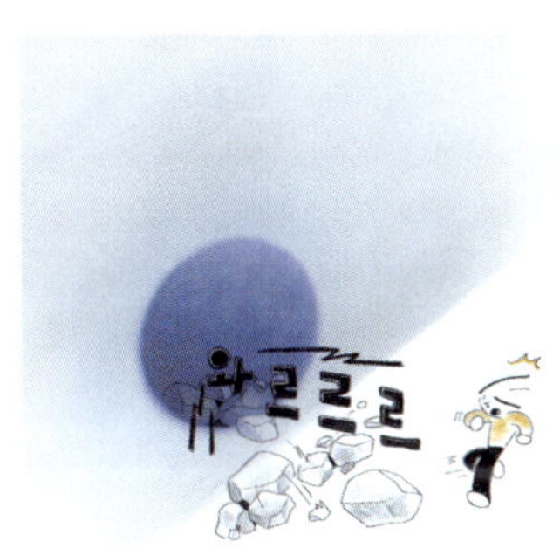

둘. 오래 함께하고 싶어요

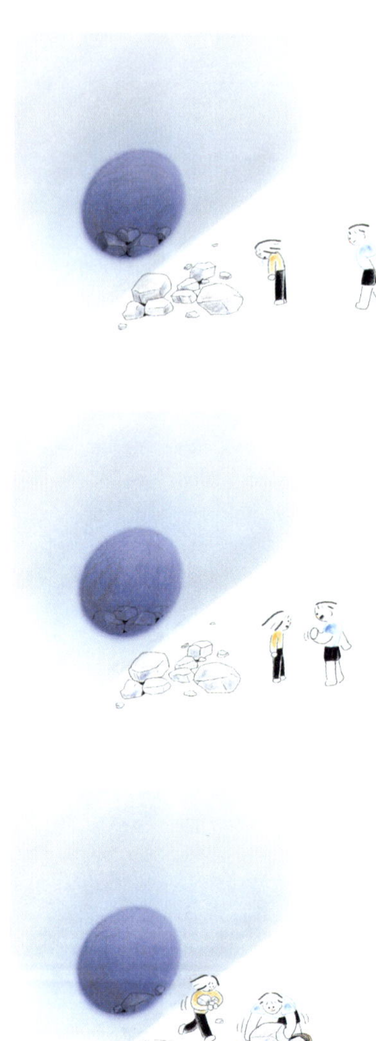

너를 만나 그른 조각을 비워낼 용기를 얻었어.

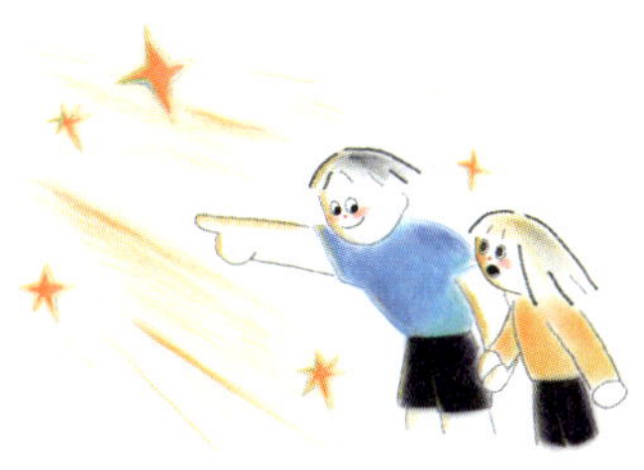

어둡고 텅 비어 있는 줄 알았던 구멍은,
해님과 바람이 반짝반짝 지나는 길이더라.

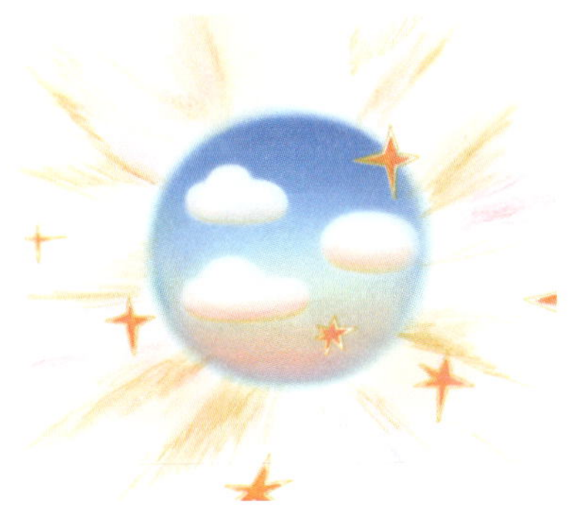

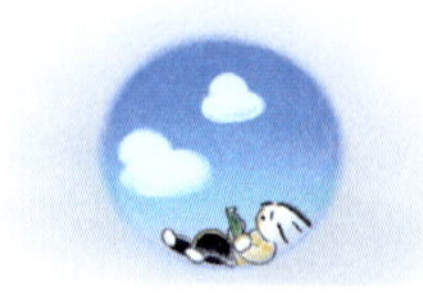

이제 둘이어서 괜찮은 게 아니라
혼자여도 괜찮게 되었어.
네가 없는 시간이 조금 쓸쓸하긴 하지만
외롭진 않아.

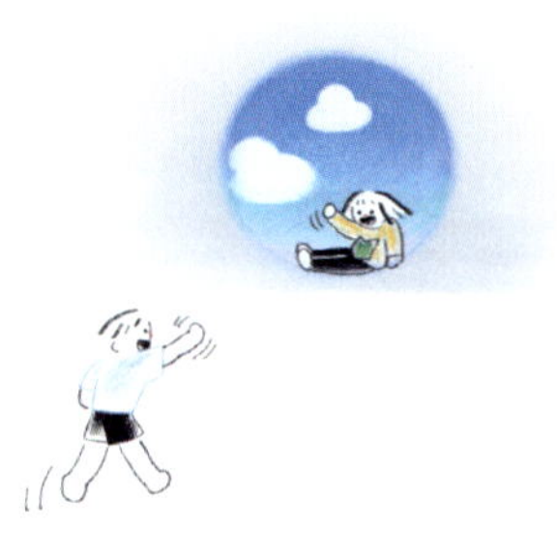

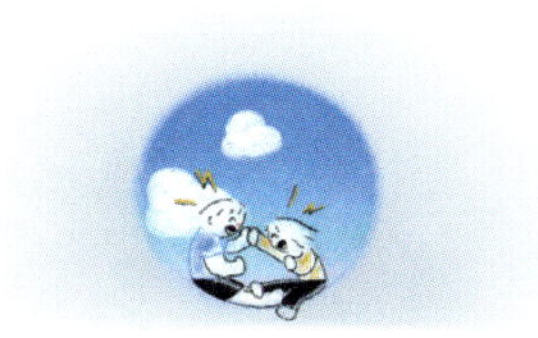

네 덕분에

나는 조금 더 강해졌어.

사랑을 잘하는 방법

규영

요즘 자주 하는 생각이 있어. 사랑을 '잘'하기 위해서는 자기 자신을 사랑하는 게 정말 중요하다는 거야. 상대를 사랑하는 주체는 나인데 자신이 뭘 좋아하는지, 어떤 마음인지도 모르고 어떻게 다른 누군가를 사랑할 수 있겠어?

보통 연인 사이를 보면, 나 자신을 사랑하는 마음과 상대를 사랑하는 마음이 충돌하면서 갈등이 생기는 것 같아. 내 마음도 중요한데 상대의 마음도 중요하고, 그러니 이 마음을 어떻게 나눠서 사랑해야 하나 싶은 거지.

우리는 사랑하는 만큼 상대방에게 관심을 갖고 알아가려고 하잖아. 근데 그만큼의 사랑을 나에게도 주고 자기 자신에 대해서도 잘 알아야 하는 게 맞지 않을까.

어느 TV 프로그램에서 연애 상담을 해주시는 분이, '연애를 잘하려면 어떤 사람을 만나야 하는가?'라는 질문에 '혼자만의 시간을 잘 보내는 사람'이라고 답변하는 것을 본 적이 있어. 그 말의 의미를 이제야 알 것 같아. 혼자만의 시간을 잘 보내는 사람은 자신을 돌볼 줄 알고, 자신에 대해 충분히 잘 알고 있는 사람인 거야.

누군가를 사랑하는 것도 좋지만, 나 자신도 사랑할 줄 알아야 할 것 같아. 그럴 때 우리는 조금 더 훌륭한 사랑을 할 수 있지 않을까.

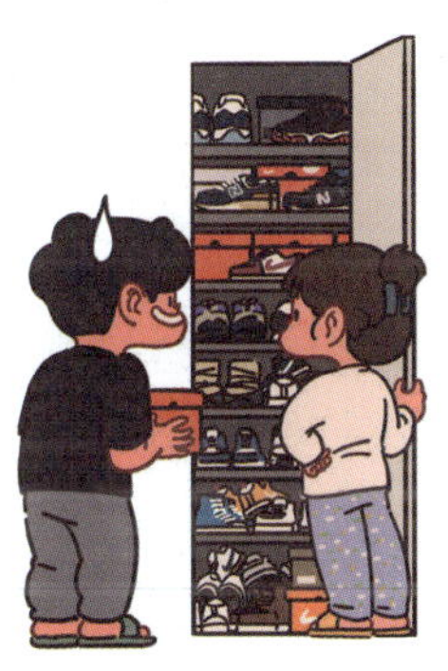

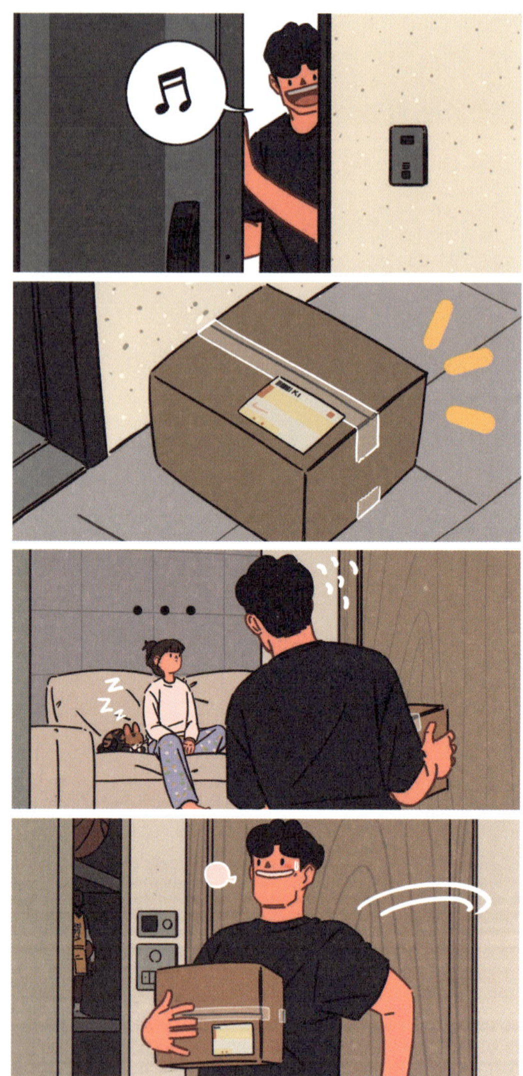

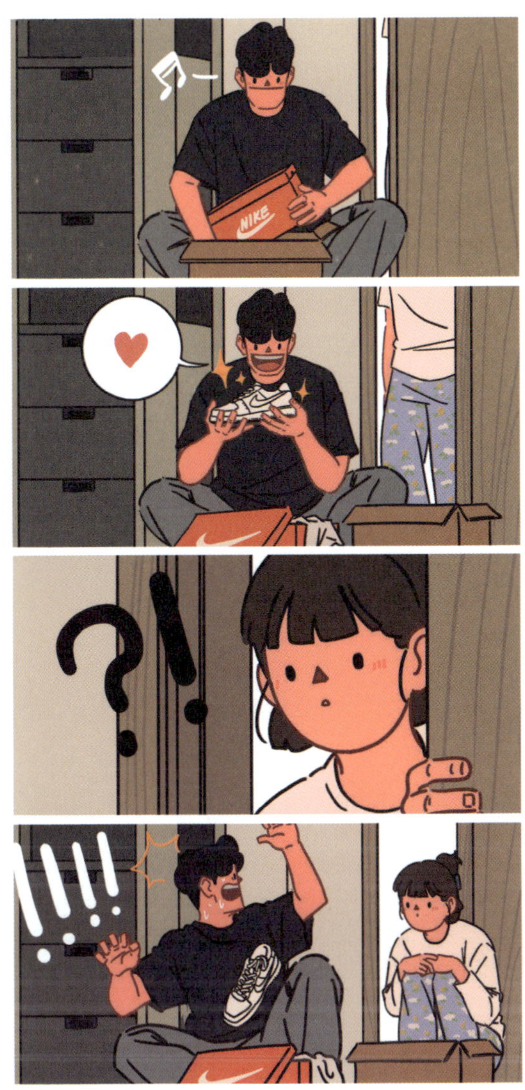

둘. 오래 함께하고 싶어요

택배 왔어요

수기

택배가 도착했어.

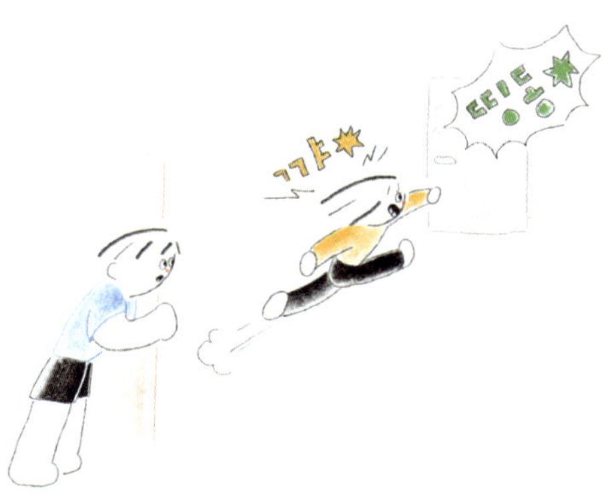

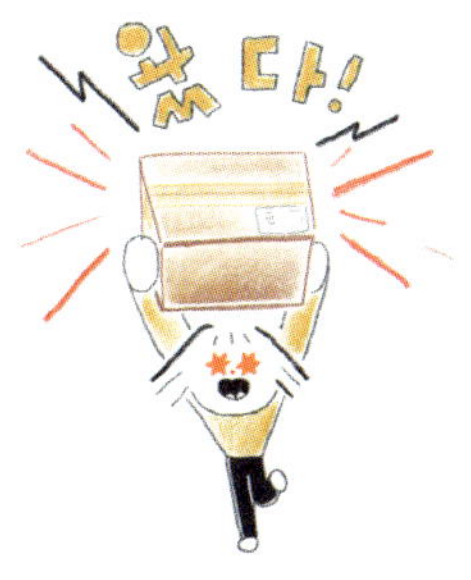

입고가 늦어진다는 문자를 받고
잊어버리고 있던 원피스야.

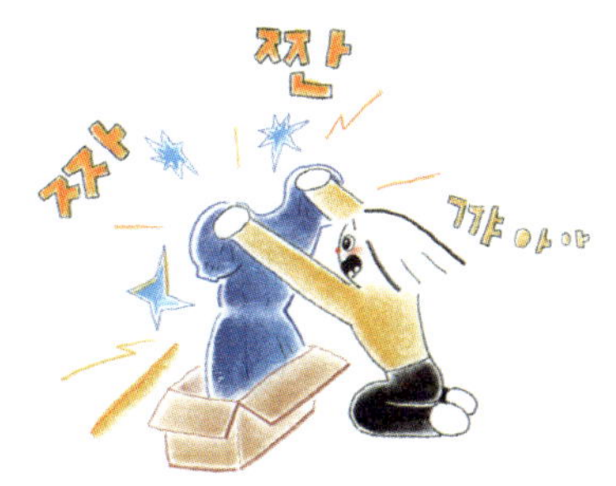

인터넷 쇼핑이란 것이
연출된 사진만 보고 사는 것이라서
사이즈표를 봐도 잘 모르겠고,
생각과 다른 상태일 때가 많잖아?

근데 이건 핏도, 색감도, 짜임도, 원단도
내가 원하고 상상했던 딱 그대로인 거야.
심지어 블랙프라이데이로 30퍼센트 세일 중이었고,
중복 할인 5퍼센트 쿠폰도 써서
저렴하게 샀는데 말이야.

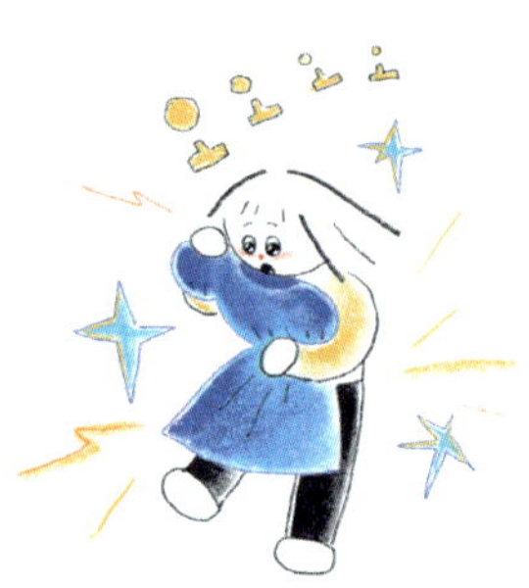

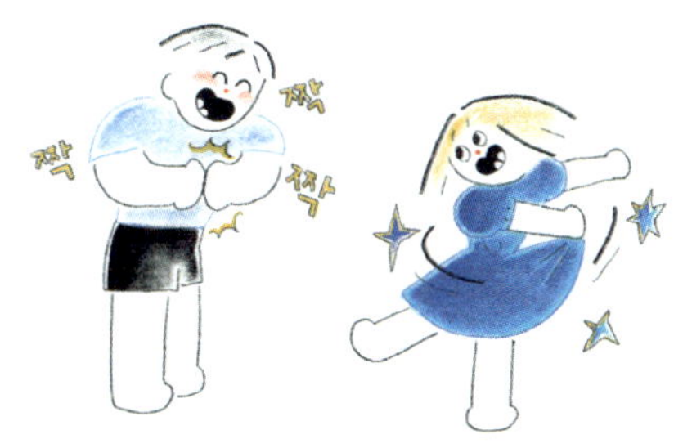

나는 너무 기뻐서 네 앞에서 빙그르르 돌았어.

이런 택배같이 반가운 행복이
네 삶에 불쑥불쑥 배송됐으면 좋겠어.

그럼, 우린 손잡고 빙그르르 빙그레하겠지.

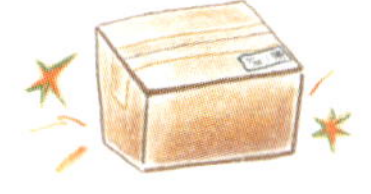

단 하나의 소원

규영

사람들은 생일에 촛불을 끌 때나 동그랗고 밝게 뜬 보름달을 볼 때 소원을 빌곤 하지.

예전에는 나도 그런 순간에 두 손을 꼭 마주 잡은 채 눈을 감고 '하나님, 부처님 두 분 중에 한 분이라도 내 소원을 들어주실까' 하는 마음으로 이런저런 소원들을 늘어놓기 바빴던 것 같아.

근데 이상하게도 요즘에는 무슨 소원을 말해야 할지 생각나지 않아. 크게 바라는 것도 없고.

그래도 가끔 하늘에 떠 있는 밝은 보름달을 보면 괜스레
소원을 빌어야 할 것 같아서 두 손을 마주 잡고 눈을 감
게 돼.

'늘 지금처럼만 살아갈 수 있기를.'

지금은 이거 하나면 충분한 거 같아.

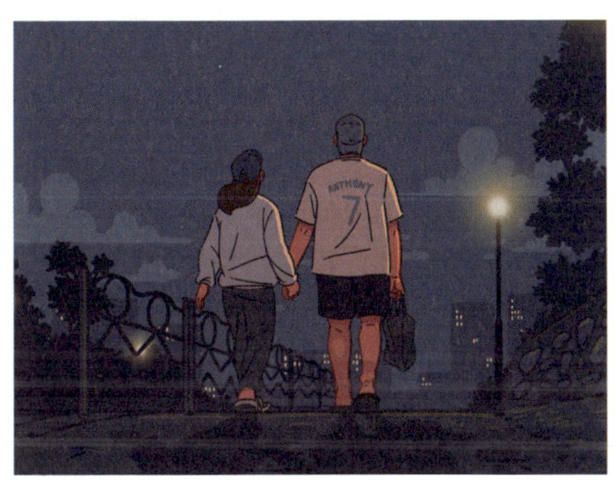

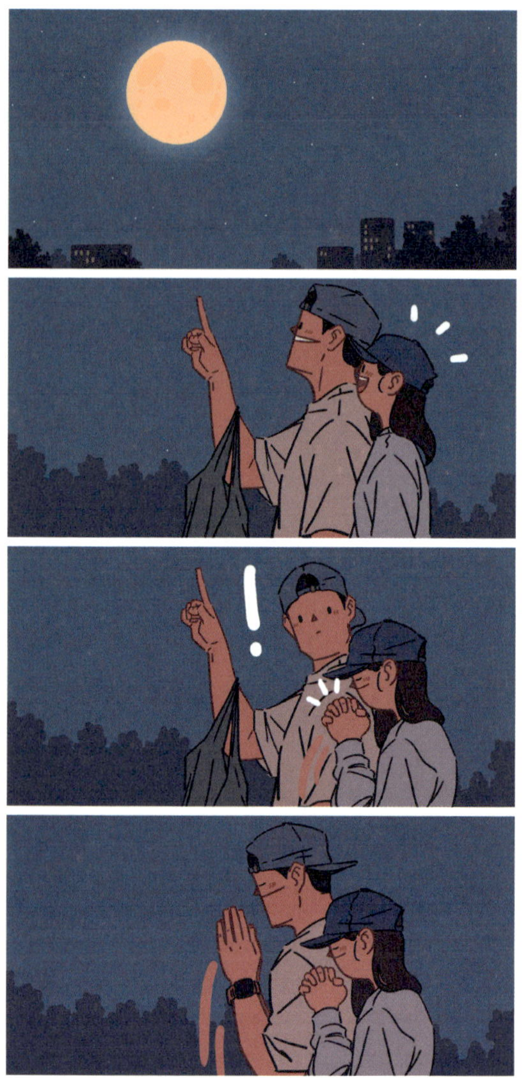

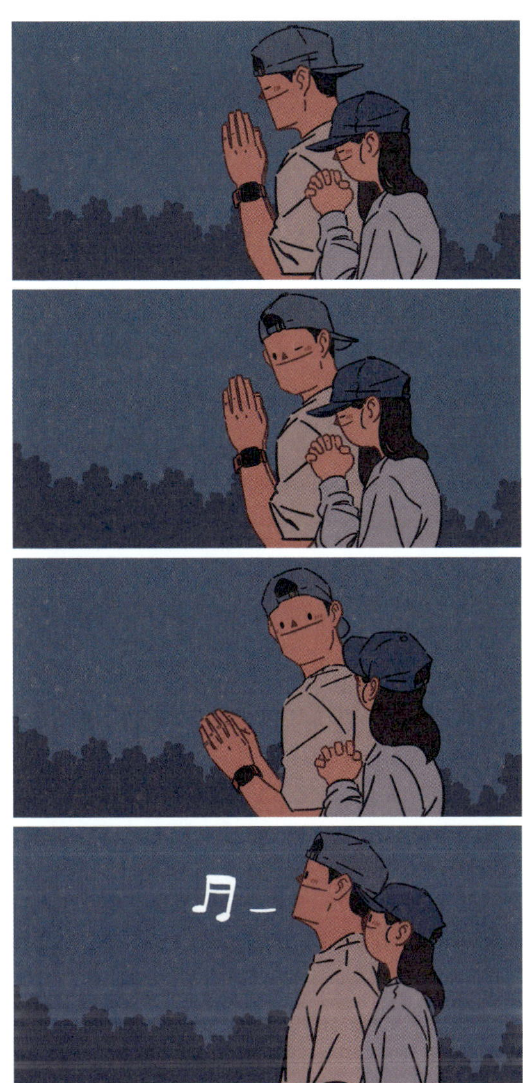

둘. 오래 함께하고 싶어요

좋아하는 것과 사랑하는 것

수기

좋아하는 것과 사랑하는 것의 차이를 조금 눈치챘어.

좋아하는 것은,
나의 기호에 맞는 면을 귀여워하는 것이고,

사랑하는 것은,
도통 내가 좋아할 리 없는 것까지 귀여워 보이는 것.

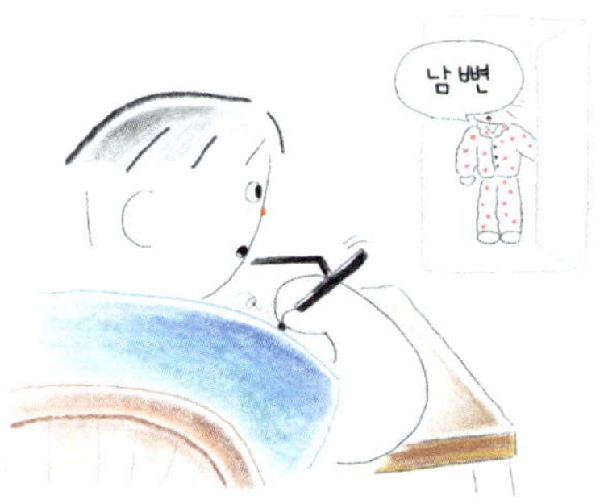

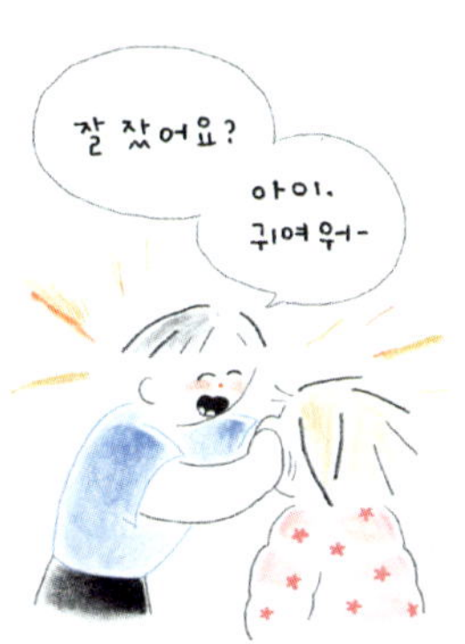

둘. 오래 함께하고 싶어요

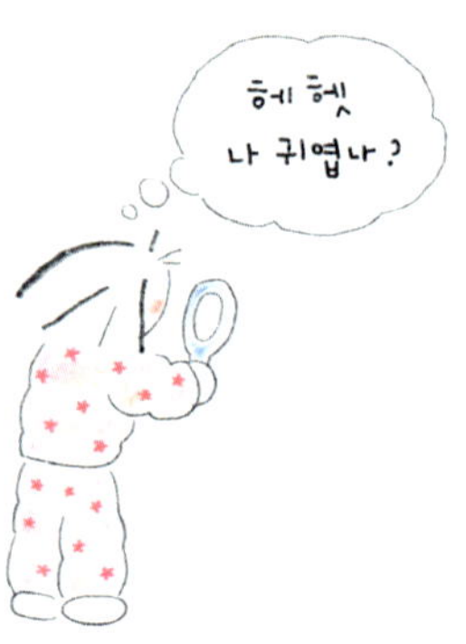
헤헷
나 귀엽나?

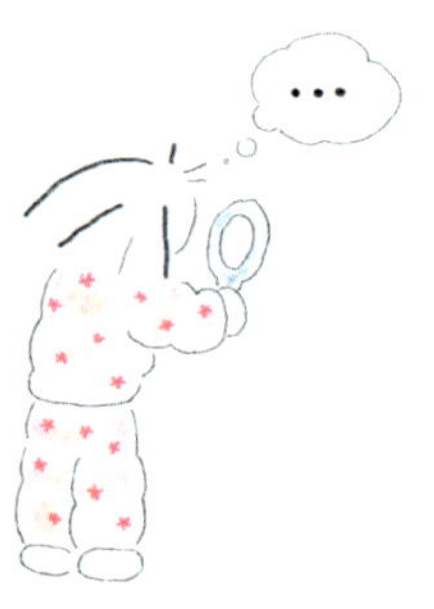
…

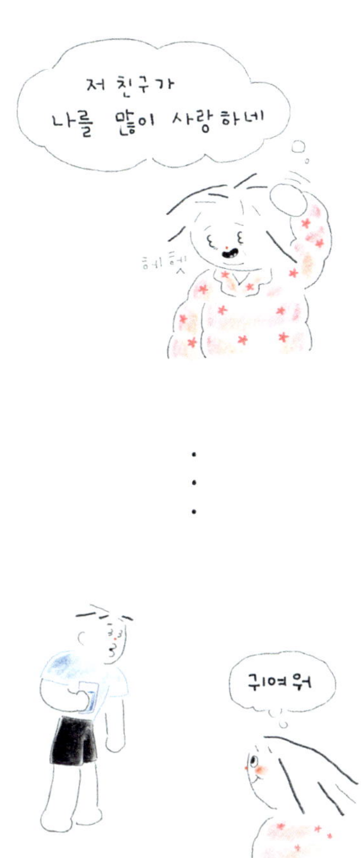

둘. 오래 함께하고 싶어요

마음이 가는 대로

규영

누군가를 사랑하고 마음 주는 것이 부담스러워 독신으로
살겠다는 친구에게 확인하듯 이렇게 물었던 적이 있어.
"정말 연애할 생각이 없어?"
그랬더니 어떻게 누군가를 그렇게까지 사랑할 수 있느냐
며 되묻더라. 자신은 나처럼 누군가를 그렇게 사랑할 자
신이 없다면서. 그 말에 나도 모르게 고개를 끄덕였어. 나
역시 '어떻게 이렇게까지 사랑할 수 있을까' 싶을 때가 있
거든.

그러고 보면 내 의지대로 누군가를 사랑하는 것 같지만,

사랑은 내 뜻대로 되는 게 아닌 것 같아. 누군가를 사랑하고 싶다고 해서 사랑할 수 있는 것도 아니고, 사랑하고 싶지 않다고 해서 사랑을 안 할 수 있는 것도 아니니까 말이야. 그저 마음이 이끄는 대로 사랑하는 거 아니겠어?

내가 널 이렇게까지 사랑할 수 있는 이유는, 내 역량이 아니라 그저 네가 그만큼 사랑스러워서가 아닐까. 그러니 내 마음이 너에게로 향하는 거지.

이렇게까지 사랑할 수 있게 해줘서 고마워.

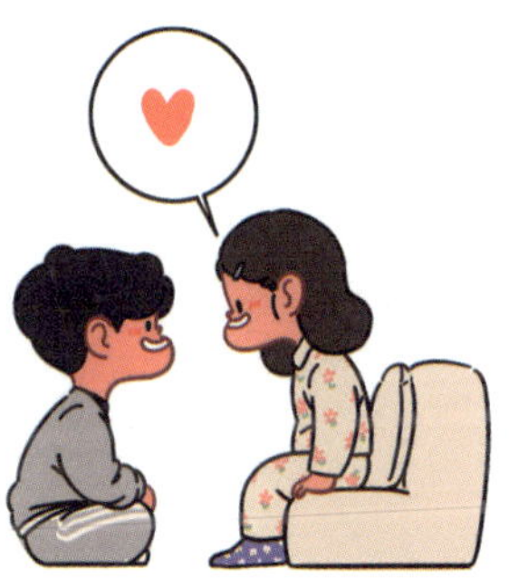

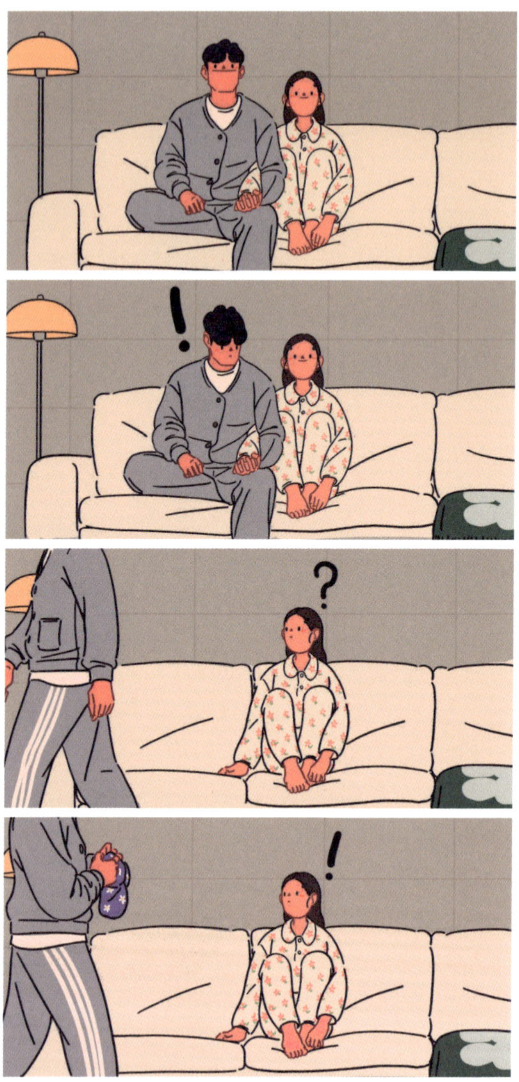

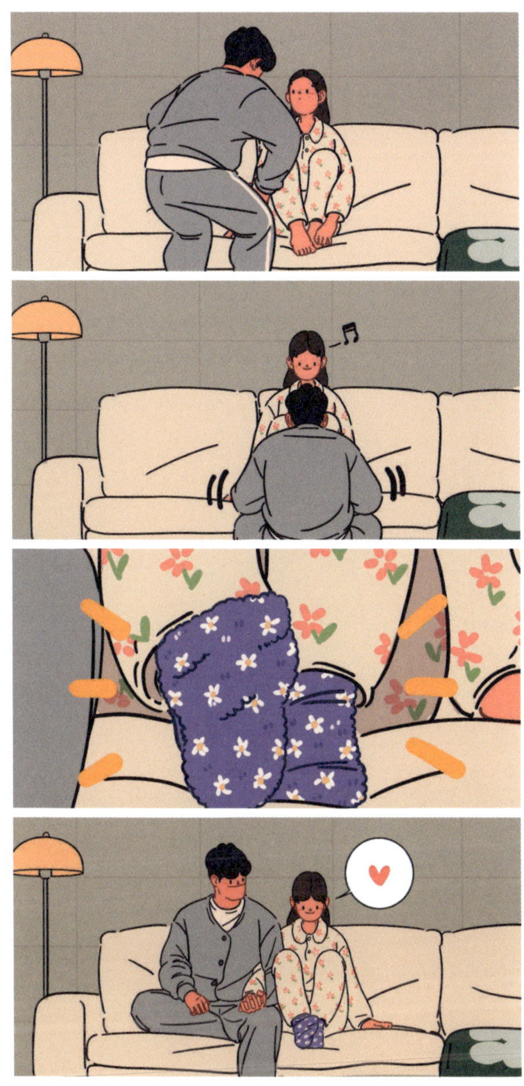

둘. 오래 함께하고 싶어요

사랑을 받은 사람

수기

무슨 일이 일어난 뒤에는
그 일이 있기 전으로 돌아갈 수 없어.
아무 일 없던 척해도,
결코 이전과 같을 수는 없을 거야.
한 조각 베어 먹은 케이크는 더 이상 홀케이크가 아니고,
상처가 아문 후에도 흉터는 남듯이.

예쁜 리본을 달아 깊숙이 넣어둔 슬픔이
스르륵 새어 나와 새벽녘에 마음을 두드리면
네가 만든 햄치즈달걀 토스트를 생각해.

너의 가장 따뜻한 가슴 한편에 품어서 가져다준 덕에
새벽을 넘어 나의 아침밥이 될 때까지 따뜻하던 토스트.
까끌한 눈꺼풀을 부스스 올리면
네가 내 볼에 붙은 머리칼을 쓸어 넘기며
가벼운 뽀뽀로 인사하는 아침.
내 선물로 가득 찬 너의 여행 가방.
그 선물을 초롱초롱 맑은 눈으로 하나씩 꺼내 보이는 너.
너의 눈동자에 나만 비치던 순간들을 떠올려.

사랑을 받은 것도 없던 일이 될 수 없어.
너무 힘들 땐 잠시 잊을 수도 있지만,
나는 그런 사랑을 받은 사람이라는 것을
잊지 않았으면 좋겠어.

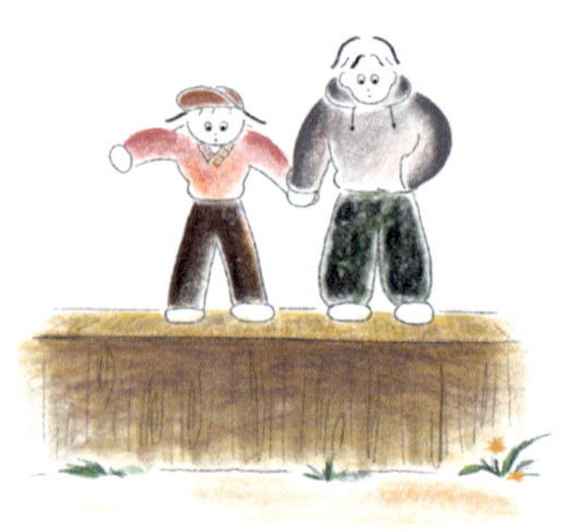

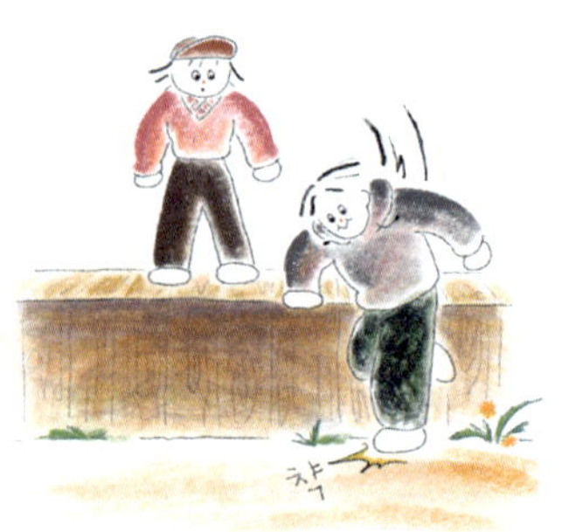

착

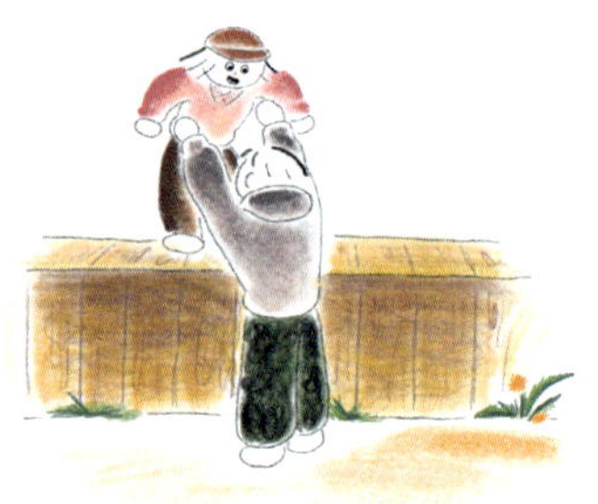

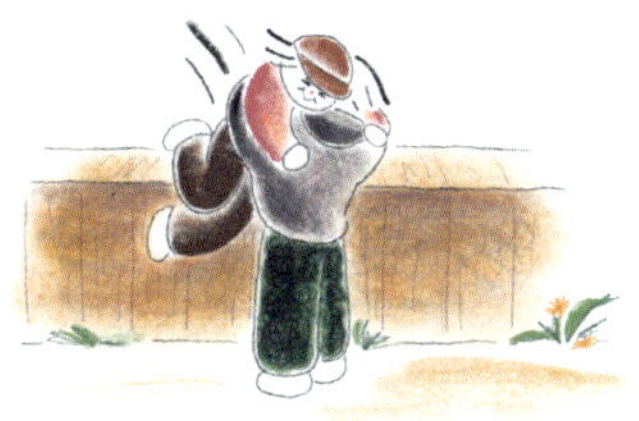

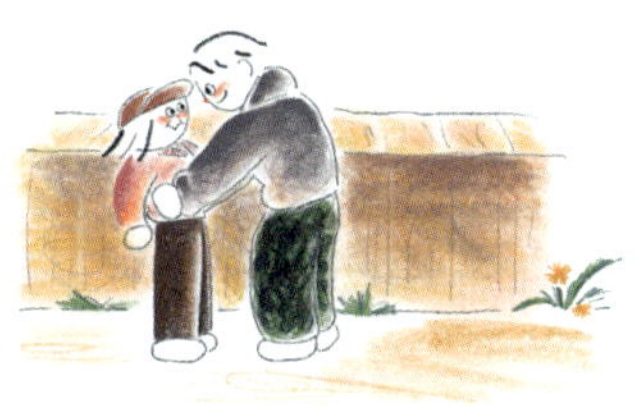

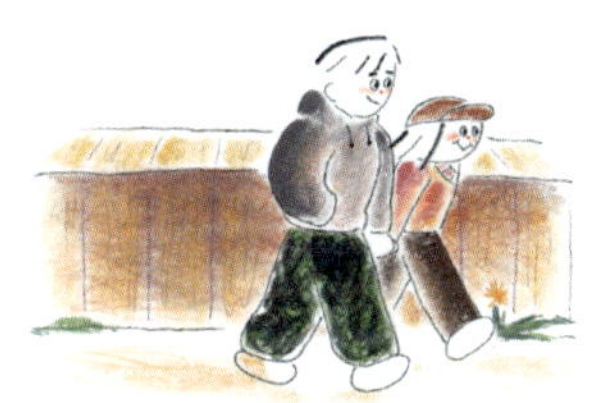

둘. 오래 함께하고 싶어요

함께 있는 것만으로도

규영

너를 만나고 결혼한 지금까지도, 여전히 익숙하지 않은 순간이 있어. 그건 바로, 너에게 고민이나 문제가 생겼는데 내가 그것들을 어떻게 해결해줄 수 없을 때야. 네가 힘들어하는 모습을 옆에서 보고 있으면 얼마나 답답하고 마음이 아픈지 몰라. 그저 발만 동동 구르며 지켜보는 수밖에 없어. 원래 위로란 특별히 뭘 해주는 게 아니라 옆에 있어 주는 것이라는데, 그게 얼마나 어렵고 힘든 일인지 이제는 조금 알 것 같아.

한번은 네가 하는 일도, 하려는 일도 잘되지 않아서 지치다 못해 한동안 무기력한 하루하루를 보낼 때가 있었지.

그때도 내가 해줄 수 있는 일은 아무것도 없었어. 나는 그저 뭐라도 조금이나마 도움이 될까 싶어서, 머리도 식힐 겸 햄버거 사 들고 집 앞 바닷가에 가서 먹고 오자고 했지. 너는 고민을 하면서도 같이 이겨내고자 하는 내 마음을 알았는지 선뜻 무기력해진 몸을 이끌고 날 따라나서줬어. 그렇게 우리는 햄버거를 사가지고 바다가 잘 보이는 곳에 자리 잡고 앉았어. 너는 말없이 바다를 한참 바라보다가 숨을 크게 들이마시더니 나오길 참 잘했다고, 데리고 나와줘서 고맙다고 말했지. 그리고 나는 그런 네게 걱정하지 말라고, 다 잘될 거라며 널 다독였어.

함께 살아가면서 좋은 것들, 행복한 것들만 나누면 좋겠지만, 어쩔 수 없이 힘들고 어려운 일을 나누어야 할 순간도 반드시 오는 것 같아. 그래도 이 고된 날들 속에 서로 옆에서 힘이 되어준다면 반드시 이겨낼 수 있을 거라고 생각해. 무책임한 말일 수도, 확실한 근거가 있어서 하는 말도 아니지만 나는 그렇게 믿어.

"걱정하지 마, 다 잘될 거야."

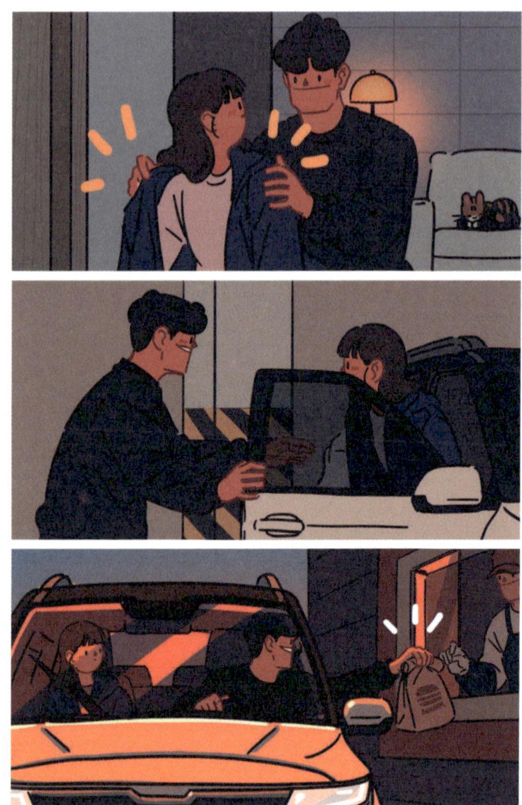

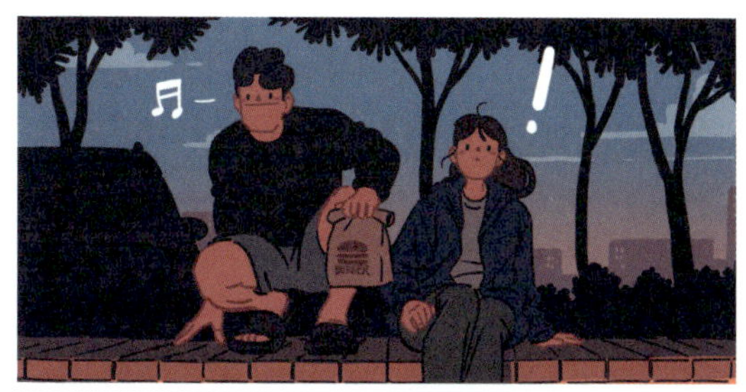

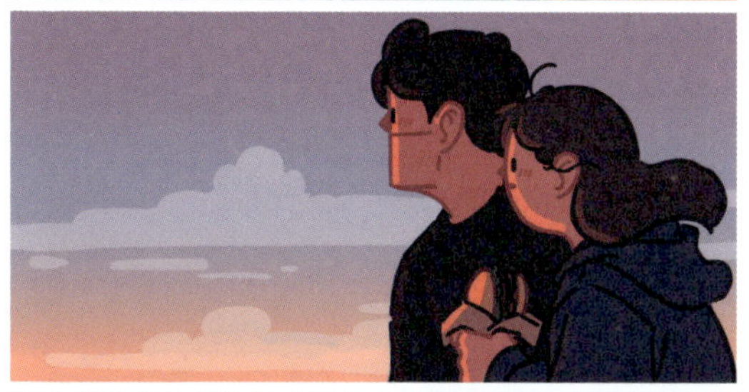

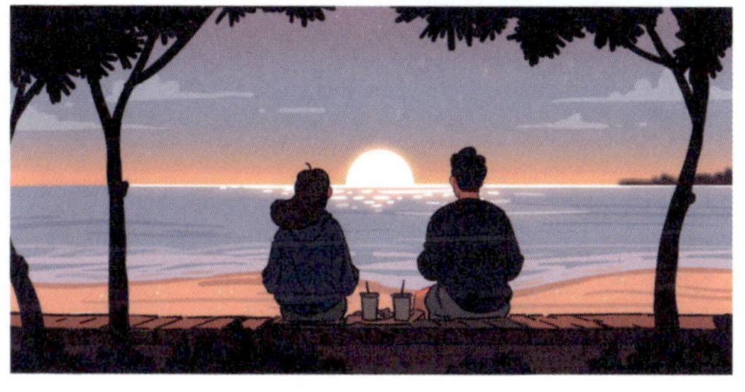

둘. 오래 함께하고 싶어요

다정한 사람

수기

"어떤 사람을 만나면 좋을까?"라는 물음에
나는 잠시 너를 떠올렸다가 이렇게 얘기해.
"다정한 사람을 만나."

사람을 만날 때 살펴야 할 현실적인 기준이 참 많아.
외모, 성격, 연봉, 학벌, 직업, 재산, 가정환경……
모두 중요하지.
근데 가장 중요한 것 하나를 고르라고 하면
나는 '다정함'을 고를래.
다정함에는 늘 '배려, 존중, 애정'이 함께하거든.

서로를 다정하게 바라보고 있으면,
깊은 밤에도 별을 찾을 수 있을 거라고 믿어.

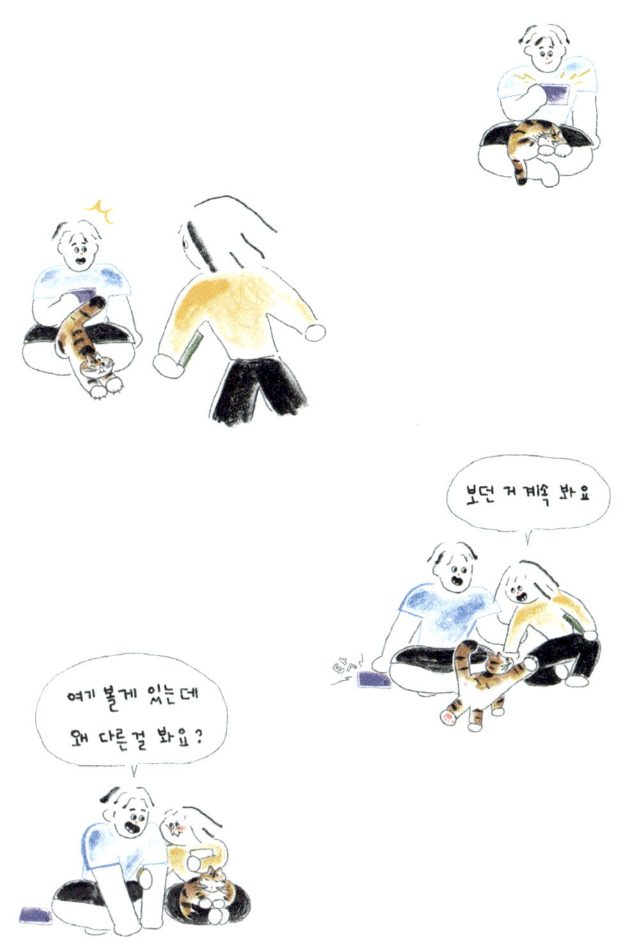

아무 준비하지 않아도

규영

요즘은 결혼하기가 쉽지 않다고들 하는데, 그러고 보면 우리는 어떻게 결혼했나 싶어. 어느 날 결혼 계획도 없이 데이트 삼아 갔던 웨딩 페어에서 식장 투어로 결혼식장을 갔고, 그곳에서 예약할 수 있는 날짜가 얼마 안 남았다는 말에 덜컥 결혼 날짜를 잡았지. 그러고는 연회장 시식을 하며 '이게 맞나' 싶으면서도 각자 부모님께 전화해 결혼 통보를 했어. 지금 생각하면 우리가 한 일이지만 어이가 없어서 웃음도 나고 신기하기도 해.

결혼을 준비할 때도 그랬어. 나는 당시 작은 회사에 다니면서 학자금 대출을 상환하느라 모아둔 돈도 없었어. 그나마 네가 10년 가까이 회사 생활을 하며 모아놓은 돈이 있긴 했지만, 그것만으로는 우리가 함께할 전셋집 하나 장만할 형편도 못 됐어. 결혼을 준비하기에 턱없이 부족했지.

그렇게 우리는 아무런 준비도, 계획도 없이 결혼 생활을 시작했지. 어르신들이 결혼은 아무것도 모를 때 해야 한다고 하시던데, 어쩌면 우리는 그보다 더 모른 채 결혼한 것 같아. '원래 처음에는 없이 시작하는 거다', '둘이 살면서 모으면 된다' 하는 말이 다 옛말 같고 꼰대스러운 소리 같기도 한데, 나는 그게 또 너무 틀린 말이 아니라는 생각이 들어. 지금의 우리를 보면 말이야.

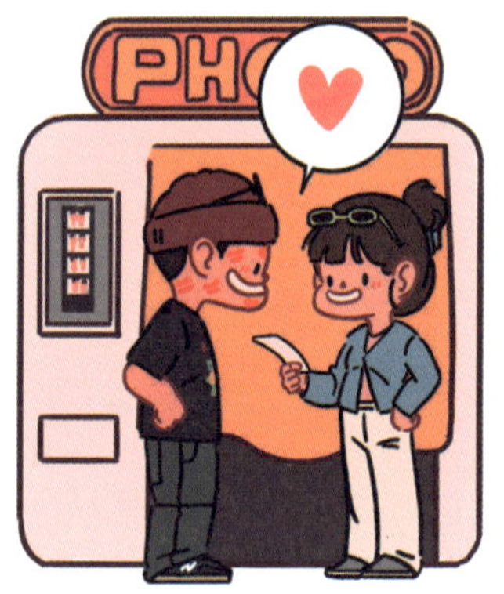

언제나 한결같은 우리

결혼
MARRIAGE
1
주년
th
결혼
MARRIAGE
2
주년
th
결혼
MARRIAGE
3
주년
th
결혼
MARRIAGE
4
주년
th
결혼
MARRIAGE
5
주년
th
결혼
MARRIAGE
6
주년
th

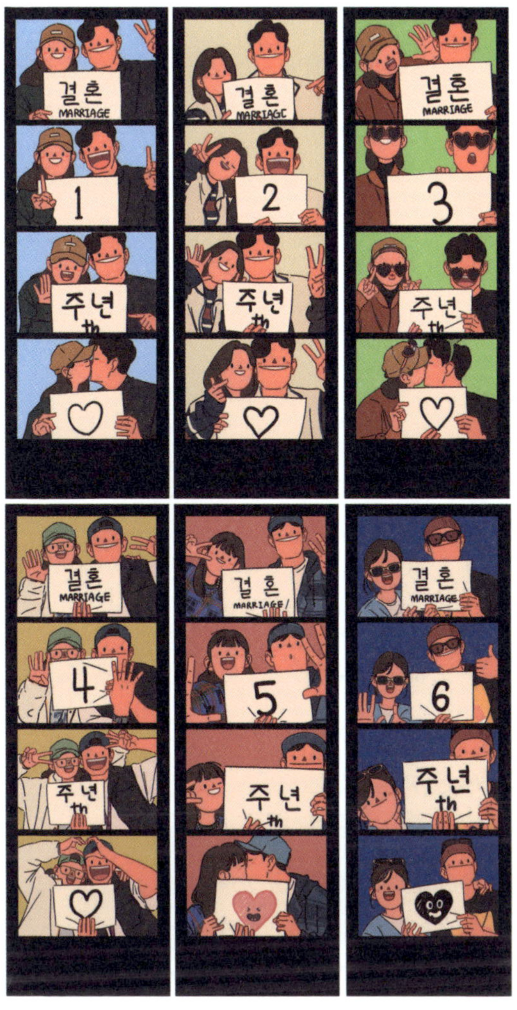

둘. 오래 함께하고 싶어요

대체 왜 그래?

수기

꽃게나 새우를 먹을 땐

가장 통통한 것을 골라서 살을 발라주고,

치킨을 먹을 땐

내가 좋아하는 날개를 제일 먼저 챙겨주고,

한입 베어 문 과일이 달면 얼른 내게 먹여주고,

제일 맛있게 익은 고기도 나부터 주고,

내가 맛있다고 한 반찬은 내 앞에 놔주고,

나 좋아할 것 같은 건 늘 포장해오고,

왜 맛있는 건 다 나 줘?

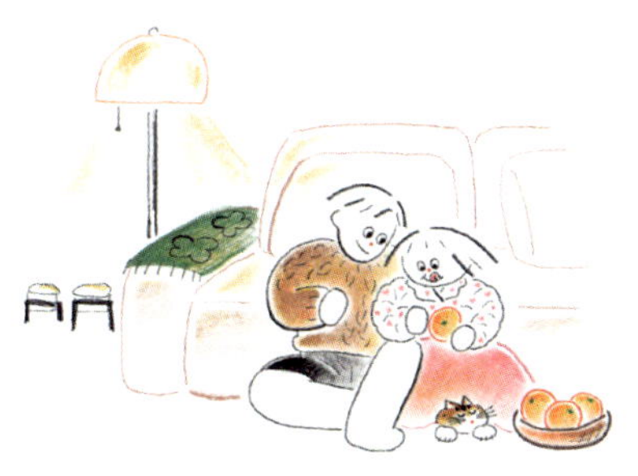

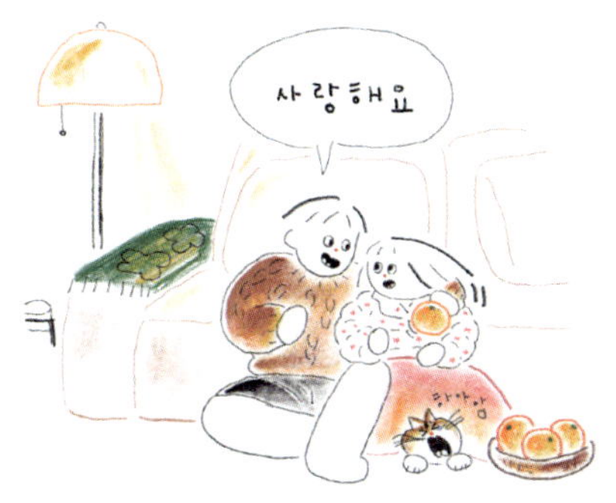

둘. 오래 함께하고 싶어요

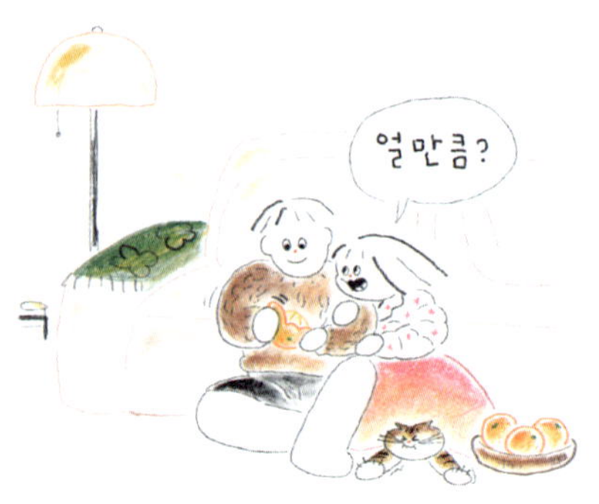
얼만큼?

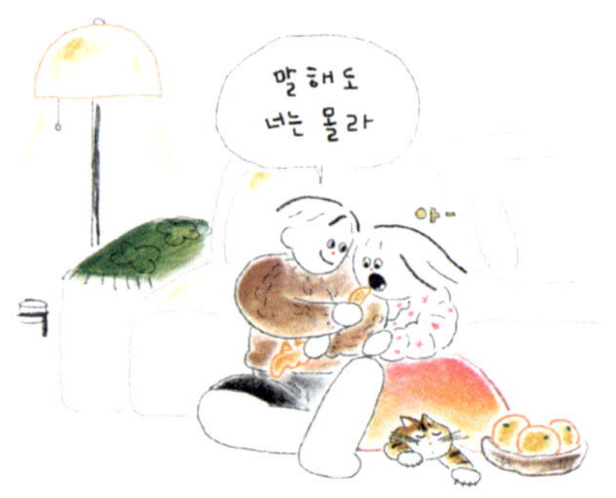
말해도
너는 몰라
아—

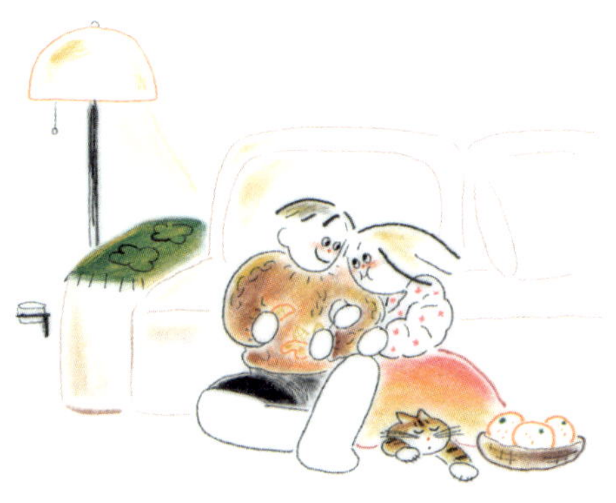

둘. 오래 함께하고 싶어요

더 많이 사랑하려는 마음

규영

나는 마음을 주는 건 쉬워도 받는 건 어려워.

친구들 생일에 선물을 주고도 내 생일에 선물을 받는 건 부담스럽고, 날 위한 누군가의 배려도 조금 어렵게 느껴져.

예전에 어디선가 들었는데, 이런 게 자존감이 낮아서 그렇대. 그때는 뭐 그럴 수 있겠다 싶었지. 근데 나의 자존감을 잔뜩 채워준 너를 만났음에도 여전히 마음 받는 게 어려운 걸 보면 자존감의 문제만은 아닌 것 같아. 네가 나에게 주는 것들은 부담스럽게 느껴지지 않고 고마운 마음만

들거든.

가만 생각해보니 나는 그동안 내가 받은 마음들에 보답할
자신이 없어서 부담스러웠던 것 같아. 반면 너에게 받은
마음에는 더 큰 마음으로 보답해야겠다는 생각도 들고,
그럴 자신도 있어서 전혀 부담스럽지 않아.

이건 마치 누가 더 많이 사랑하나 시합하는 것 같아. 어느
누가 앞서고 있어도 참 행복한 시합 말이야.

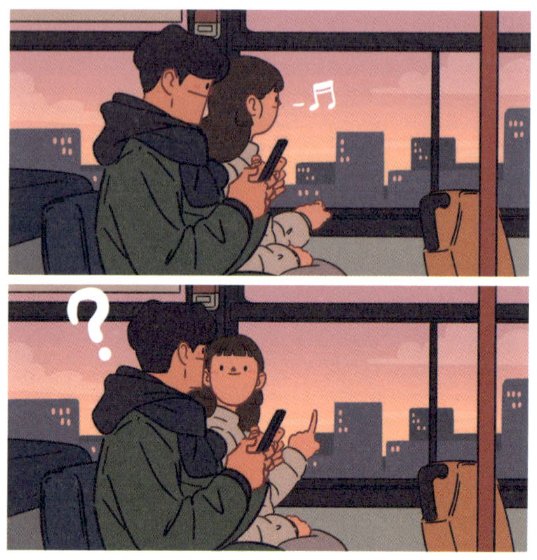

누가 더 많이 사랑하나 시합할까

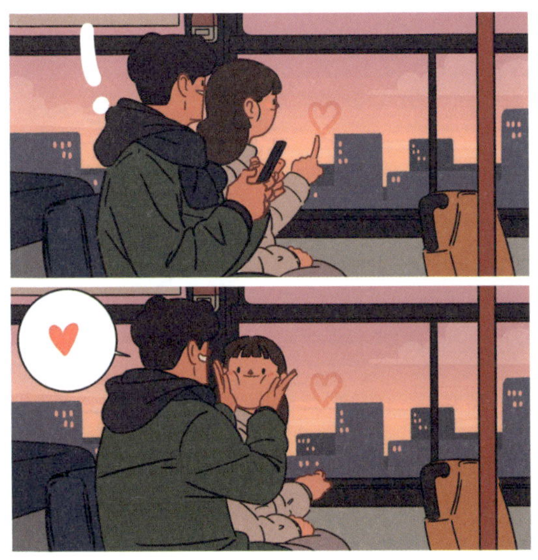

내가 더 많이 널 사랑해

너의 사랑은

수기

"사귀기 전부터 그렇게 온 마음을 펼쳐서 보여주다니.
내가 거절하면 어쩌려고 그랬어?"라고 물으니,
너는 그런 생각은 해본 적 없다고 해.
시작하기도 전에 끝을 걱정하는 습관이 있는 나는,
그게 그렇게 신기하더라.
너는 이토록 우아하고 강한 사랑을 하는구나.
지는 것을 두려워하지 않고 피어나는 꽃이란
너의 사랑을 뜻하는 걸 거야.
짱 세.

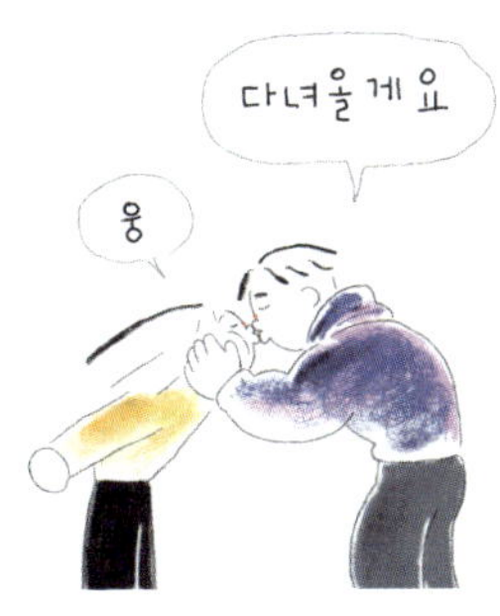

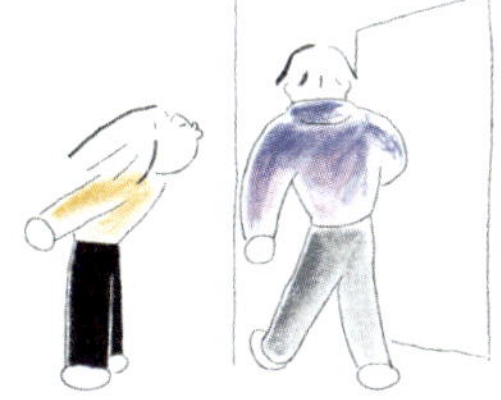

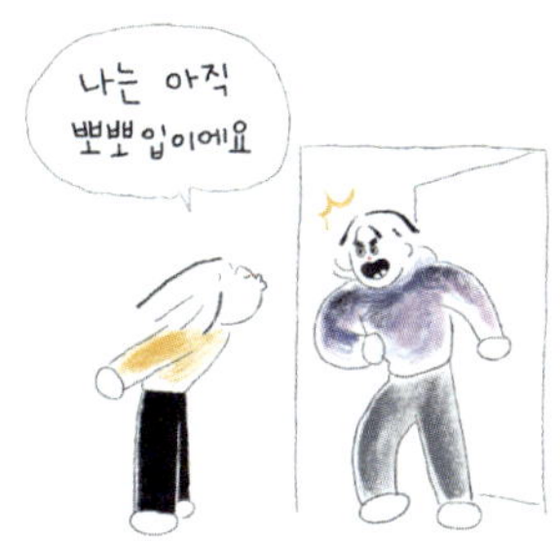

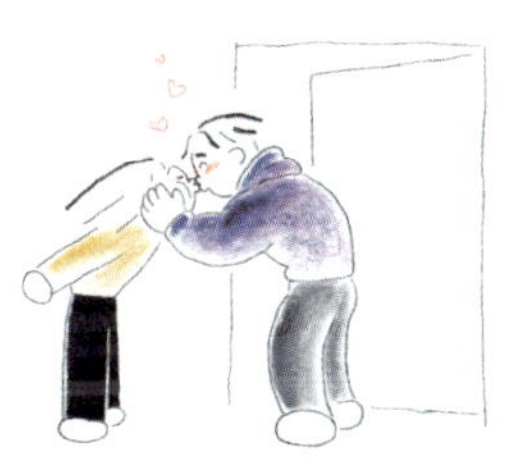

둘. 오래 함께하고 싶어요

오직 너에게만은

규영

내 그림이 많은 사람에게 알려지고 큰 사랑을 받는 것에 대해, 나는 늘 과대평가를 받고 있다고 생각해. 그래서 나를 향해 대단하다고, 멋지다고 말해주시는 분들에게 그렇지 않다고, 그저 운이 좋았던 것뿐이라며 손사래를 치곤 하지.

근데 그중에서도 제일 나를 과대평가하는 사람은 너야. 그래도 너의 말은 믿게 돼. '어쩌면 나는 정말 대단한 사람이 아닐까' 하고.

그건 아마 너에게만은 내가 그런 사람이 되고 싶어서일
거야.

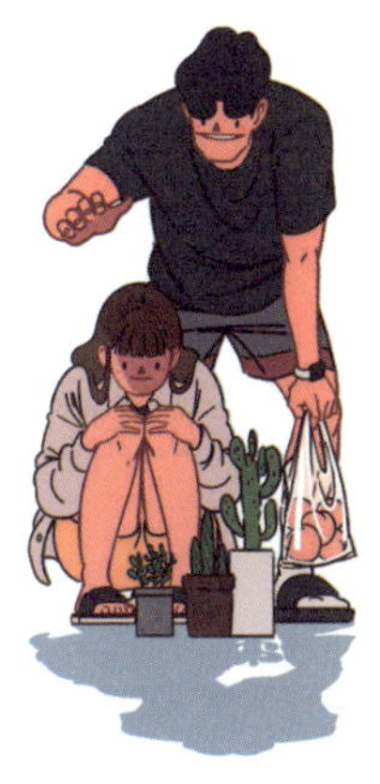

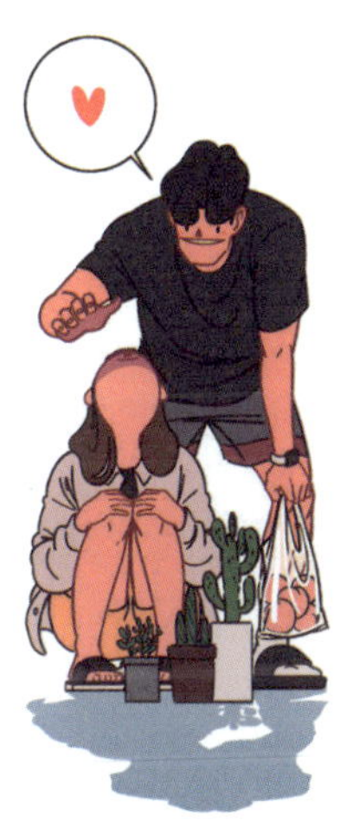

내 편이라는 확신

수기

네가 나오지 않은 대학교 단체 사진에서
너의 전 여자 친구를 맞힌다거나,
여러 반지와 함께 굴러다니던 흔한 은색 링이
그녀와의 커플링인 걸 감지했다던가 하는,
이런 부류의 감이 날카로운
무서운 여자라오. 끌끌끌.

너를 만났을 때도 한눈에 알았어.
'아, 이 사람이랑 사귀면 결혼하겠다.'
머릿속에 또렷한 생각이

불시에 팡- 하고 터져 나온 신기한 경험이었지.

그때의 상황, 장소, 네가 입고 있던 옷까지 모두
영상으로 담아낸 듯 마음에 남아 있어.

두 번째 팡-
'이 사람은 내 편이다. 무조건.'
그렇게 너와의 결혼을 결심했고,
그 마음을 의심해본 적은 없어.

무언가에 확신을 갖는 일이 드문 나로서는
유니콘처럼 희귀한 마음이야.

혹여 찬란한 결말이나
영원불변의 사랑 같은 게 아니라 해도,
언젠가는 지금의 반짝임을 잃는다 해도

괜찮아.
이토록 사랑해보았으니까.

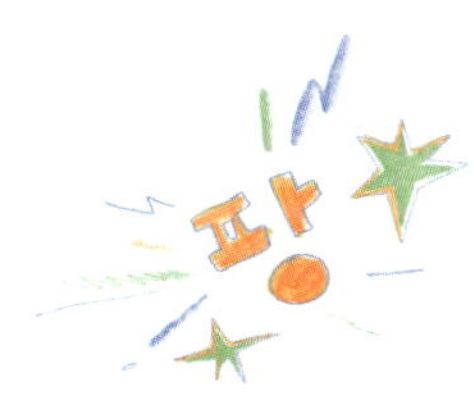

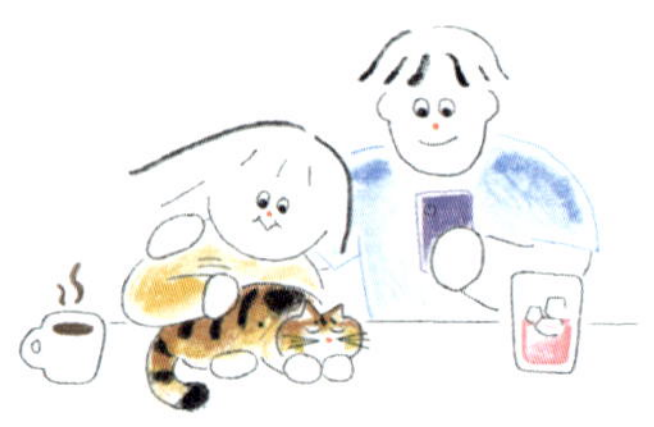

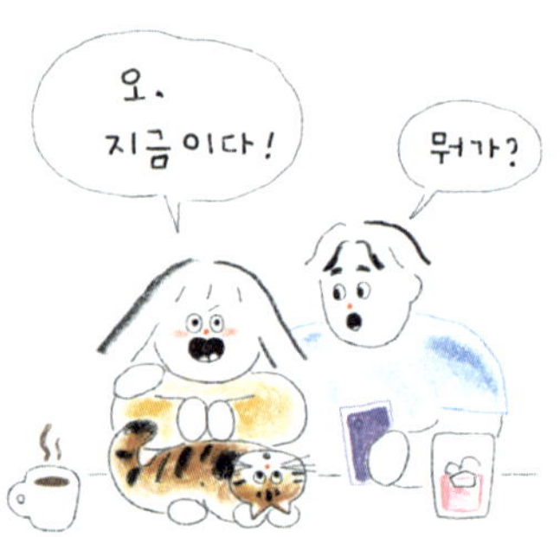
오,
지금이다!
뭐가?

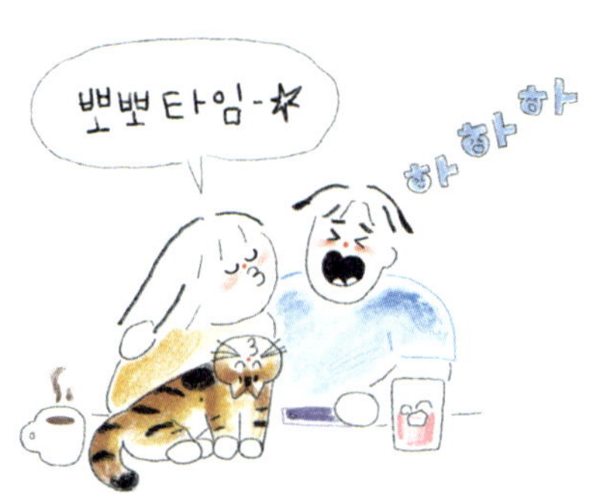

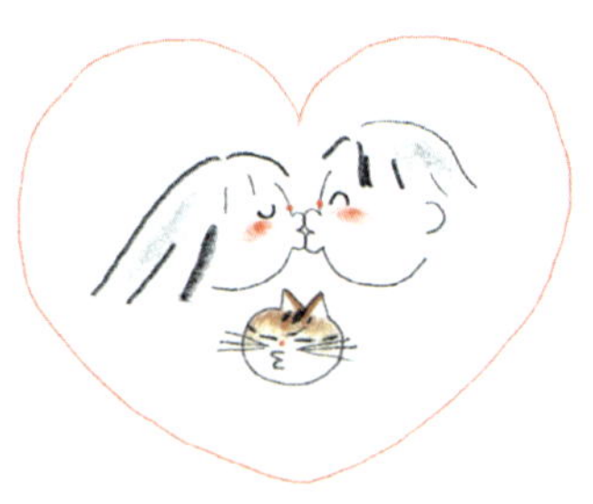

둘. 오래 함께하고 싶어요

결혼도 사랑하는 것처럼

규영

어느 날, 한 친구가 내 작업실에 놀러 와서는 요즘 들어 부쩍 '결혼을 해야 하나' 하는 생각이 든다면서, 나보고 너의 어떤 모습에 결혼해야겠다 마음먹었느냐고 물어봤어. 평소에 이런 질문을 받으면 낯간지러워서 어떻게든 피하려 하는데, 내 대답을 기다리는 그 친구의 반짝이는 눈빛을 보니 답을 해줘야겠다 싶더라고.

나름 결혼 장려 인스타 작가에 걸맞는 멋진 대답을 해줘야겠다는 생각에 곰곰이 생각했지. 당시에도 결혼한 지 5년이 됐으니까, 기억을 더듬어야 했거든. 그러다 막상 대답하려니 조금 당황스럽더라.

"없어. 없네?"

"없어!?"

"응, 그런 건 없었고, 그냥 결혼을 안 할 이유가 없었어."
생각해보니 결혼할 이유를 찾지도, 찾을 생각을 해본 적
도 없었어. 그저 널 사랑하기 바빴지.

나는 결혼을 적극 추천하는 사람이지만, 그렇다고 연애의
끝이 결혼이라고 생각하지도, 결혼을 꼭 해야 한다고 생
각하지도 않아. 근데 만약 누군가가 결혼하고 싶은데 상
대방의 이런저런 조건 때문에 고민한다면, 그 사람에게
이렇게 물어보고 싶어. '과연 그게 사랑일까? 만약 그 조
건이 없으면 그 사람을 사랑하지 않을 건가? 그렇다면 그
건 상대방을 사랑하는 것이 아니라 그 조건들을 사랑하는
것 아닐까?' 하고.

'사랑'은 '그럼에도 불구하고' 하는 것. 결혼도 마찬가지
야. 나는 그렇게 생각해.

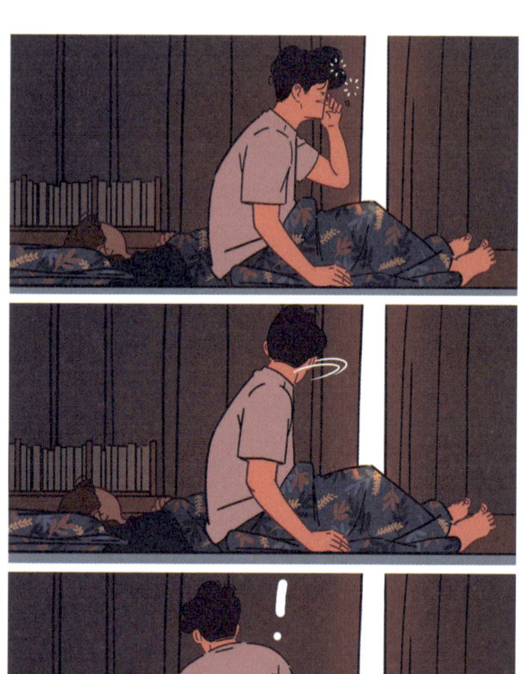

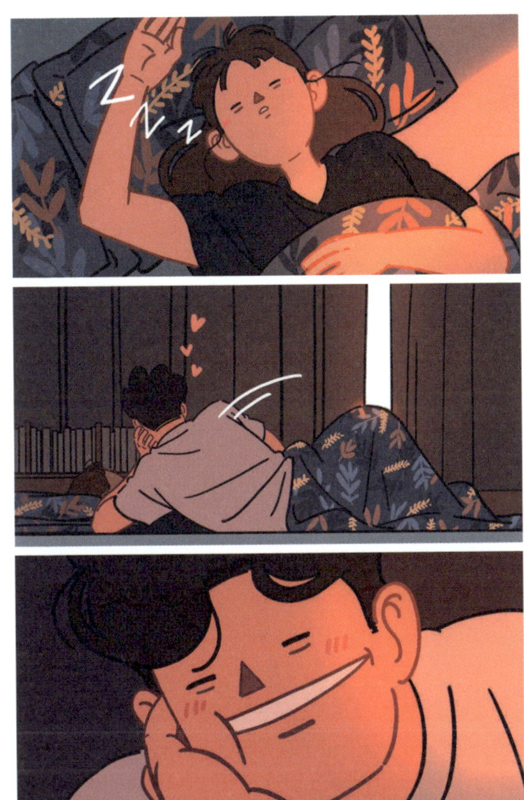

둘. 오래 함께하고 싶어요

너만 있으면

수기

나는 너랑 있으면 없던 용기가 생겨.

무엇이든 해낼 수 있을 것 같고

해내지 못해도 뭐, 괜찮을 것 같아.

내가 지면 네가 대신 이겨줄 것 같거든.

너만 있으면 온 세상이 내 편이니까.

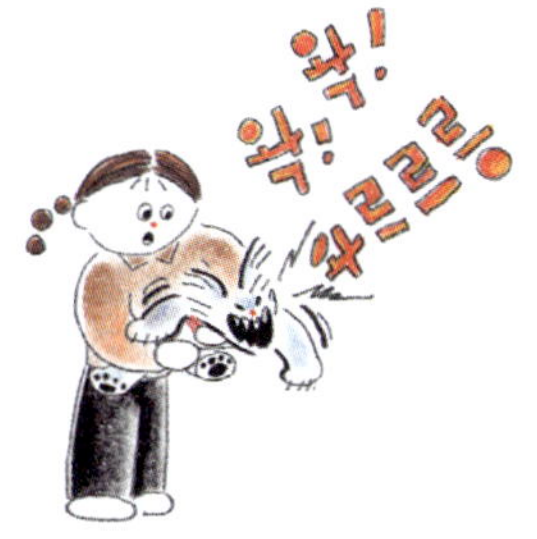

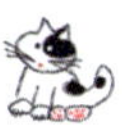

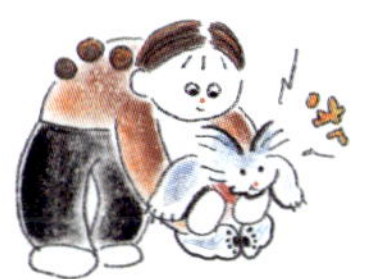

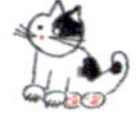

둘. 오래 함께하고 싶어요

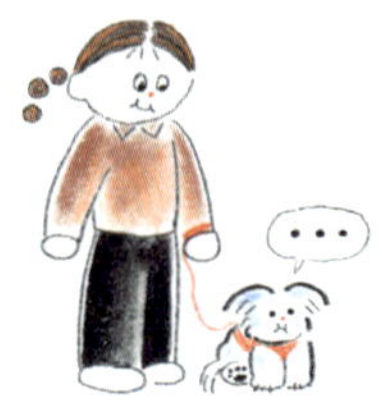
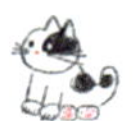

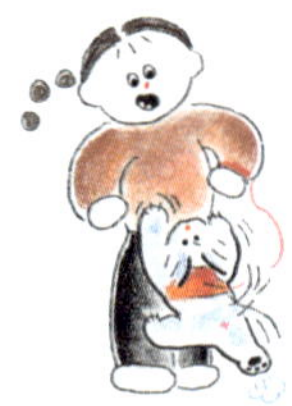
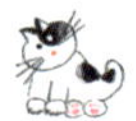

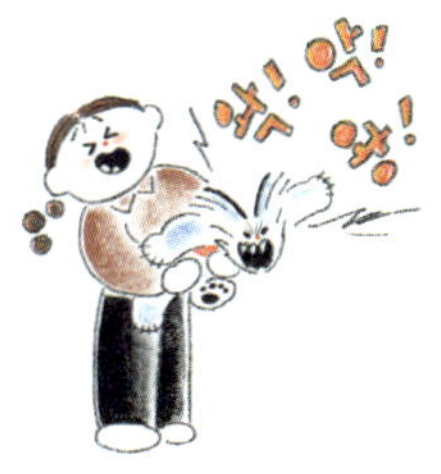
앗! 악!
앙!

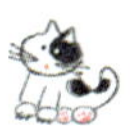

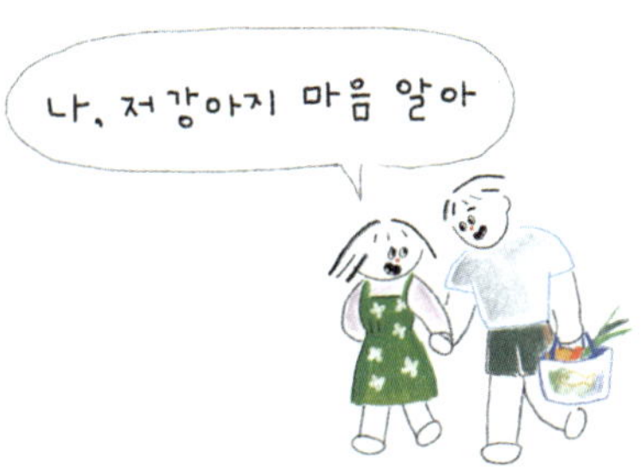
나, 저 강아지 마음 알아

사랑쟁이의 사고방식

규영

최근에 마음이 잘 맞는 형, 동생 들이 있는 농구 팀에 들어가면서, 농구에 대한 열정이 가득 차 있는 상태가 됐어. 그날도 농구를 하고 집에 가려는데, 한 동생이 다음 주는 일이 있어서 농구를 못 나온다는 거야. 그 소리에 궁금증을 참지 못하고 물어봤지.

"뭐야, 무슨 일인데."

"아, 건강검진을 예약해놔서요."

"난 또 뭐라고. 너 충분히 건강해 보여, 다음에 해. 그래도 괜찮아."

"회사 동기 결혼식이 있어서 서울도 가야 하고."

"차라리 서울 가는 차비까지 더해서 축의금만 내. 더 좋아
할 거야. 거기 가지 말고 같이 농구하자. 응?"
"여자 친구도 만나기로 했는데."
"아, 그래? 그럼 가야지! 다음에 보자!"
상황은 바로 정리됐어. 사랑쟁이는 그 무엇보다 사랑이
가장 중요하다는 걸 알거든.

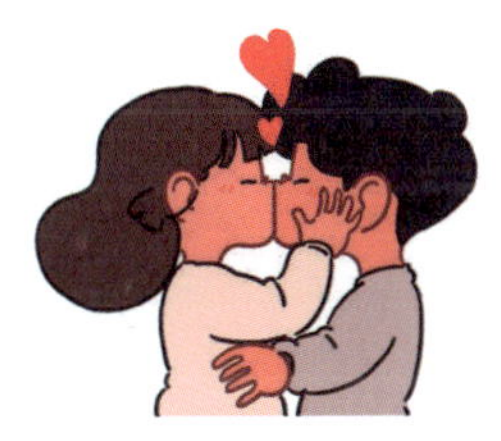

우리는 사랑쟁이

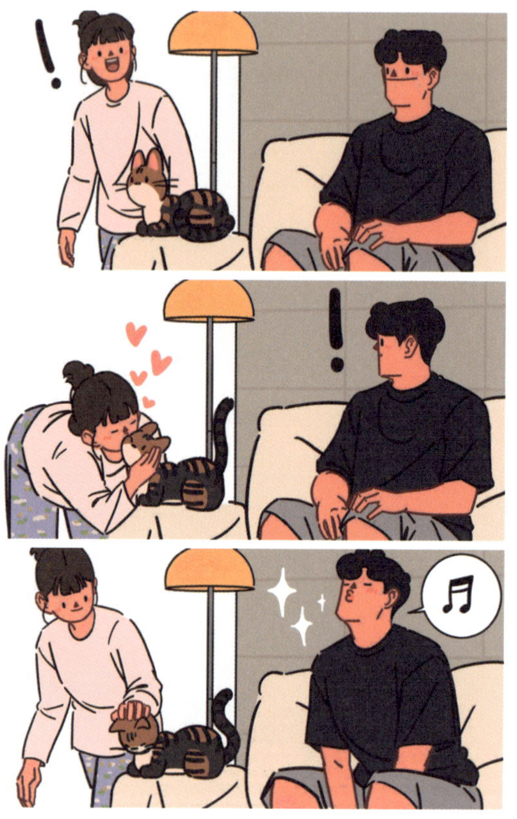

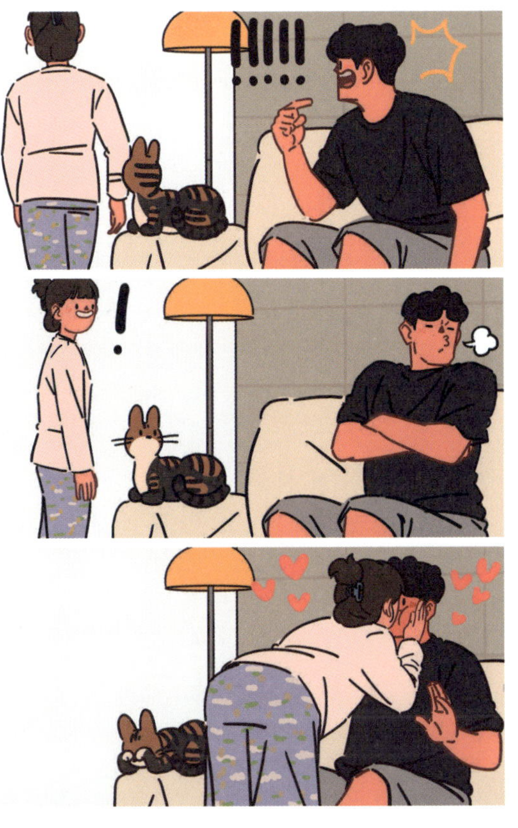

둘. 오래 함께하고 싶어요

첫 번째 비밀

수기

그날 내가 수영을 안 한 이유.

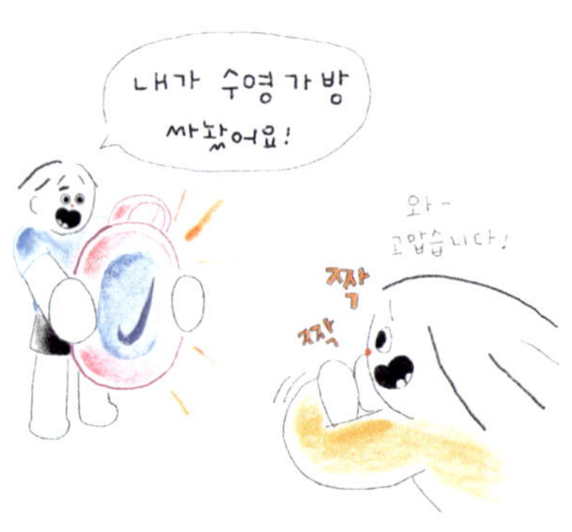

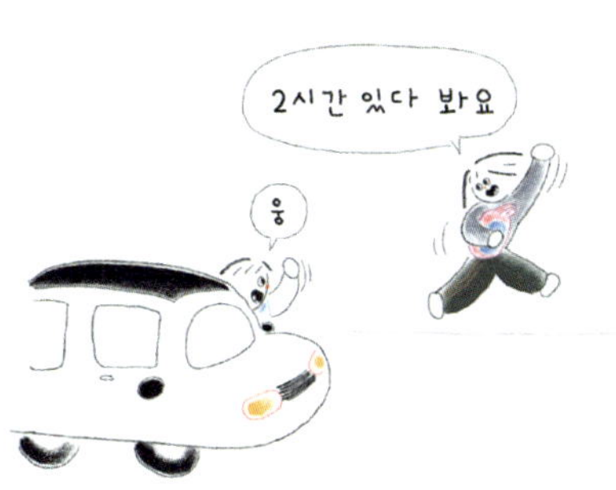

10분 후

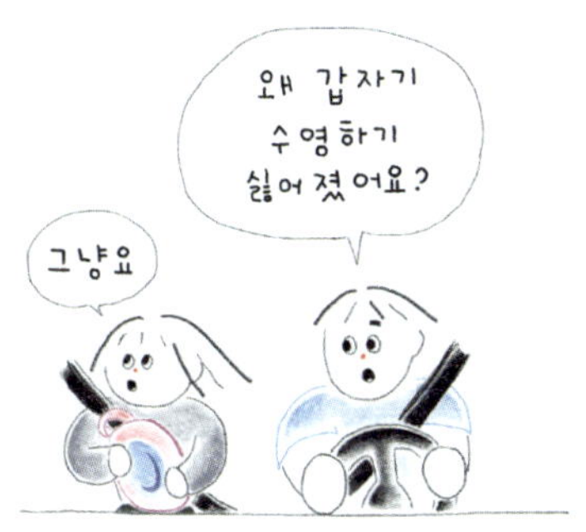

둘. 오래 함께하고 싶어요

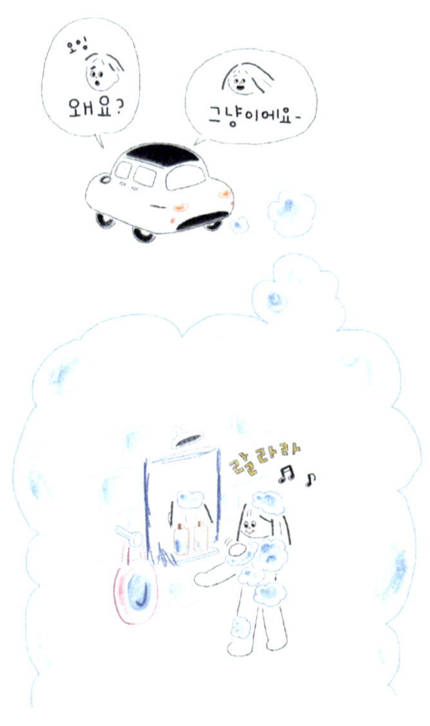
오잉
왜요?
그냥이에요-
랄랄라라
♩♪

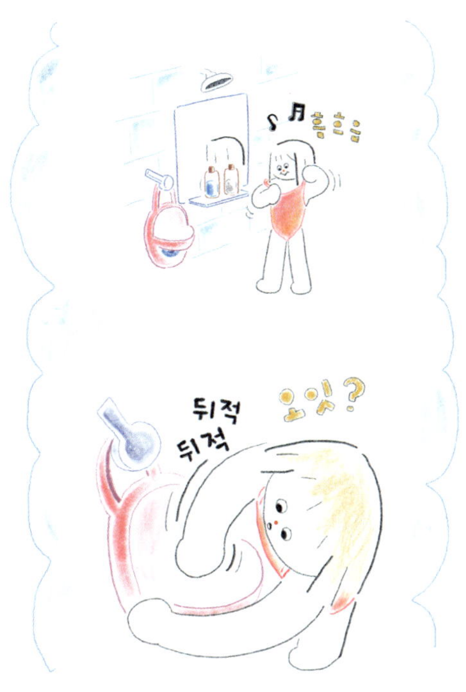

둘. 오래 함께하고 싶어요

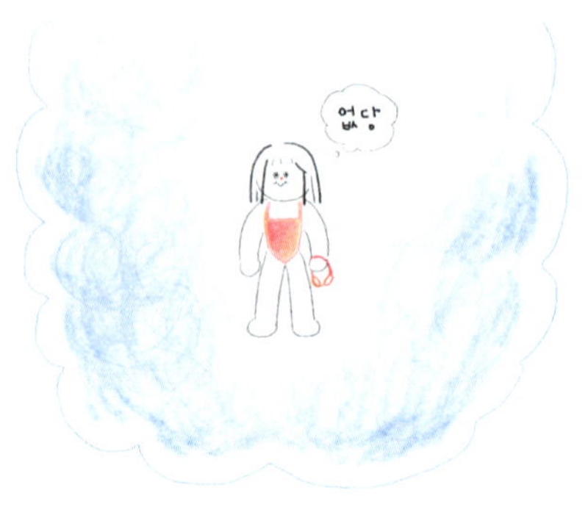

엄마

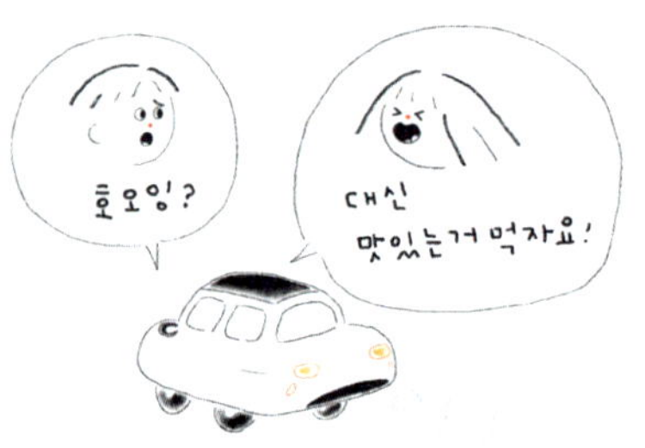

호오잉?
대신
맛있는거 먹자요!

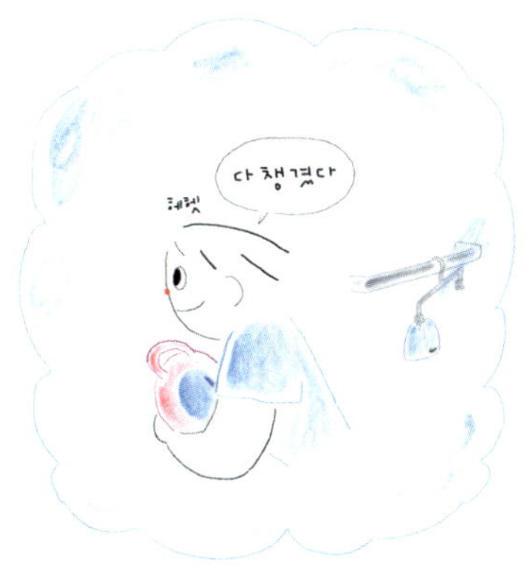

미안해할 너를 생각하면
마음이 아파서 이야기하지 못했어.

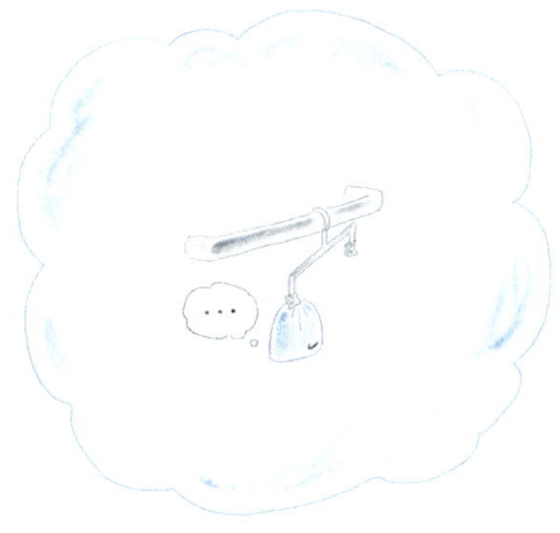

둘. 오래 함께하고 싶어요

기념일이 따로 있나

규영

연애 시절, 우리가 만난 지 1,000일째 되던 날이었어. 100일, 200일도 아니고 1,000일은 조금 더 특별하다고 생각했어. 그래서 그날을 꼭 기념하고 싶었고, 혹시나 잊을까 봐 날짜를 수시로 체크하고 기다렸지.

우리는 평소처럼 퇴근 후에 만나서 저녁을 먹기로 했어. 나는 '뭘 준비하면 네가 좋아할까?' 고민하다가, 퇴근하면서 꽃집에 들러 예쁜 꽃 한 다발을 샀어. 꽃을 들고 널 만나러 가는데 '아, 너도 기대하고 있겠지?' 하는 생각에 가슴이 두근두근했지.

드디어 널 만났을 때, 나는 등 뒤에 숨겨놨던 꽃다발을

짠, 하고 내밀었어. 넌 내 예상대로 놀라면서도 엄청 좋아했지. 그러고는 내게 말했어.

"근데, 오늘 무슨 날이야?"

너의 이런 반응은 예상하지 못했지. 너는 그날이 1,000일인지도 몰랐던 거야. 그래서 난 당황하지 않고 자연스럽게 말했어.

"아니야. 그냥 오는 길에 예뻐서 샀어."

그때부터였던 거 같아. 특별한 날을 기념하고자 기념일을 만드는 건데, 특별한 날이 뭐 따로 있나 생각한 게.

우리에겐 매일이 특별한 날이니까, 하루하루를 기억하고 추억하면 되지 않을까. 우리가 만난 지 1,000일 되던 날은, 1,000일이라서가 아니라 네가 그날인 줄도 모르고 꽃다발을 받은 또 하나의 기념일이 된 거지.

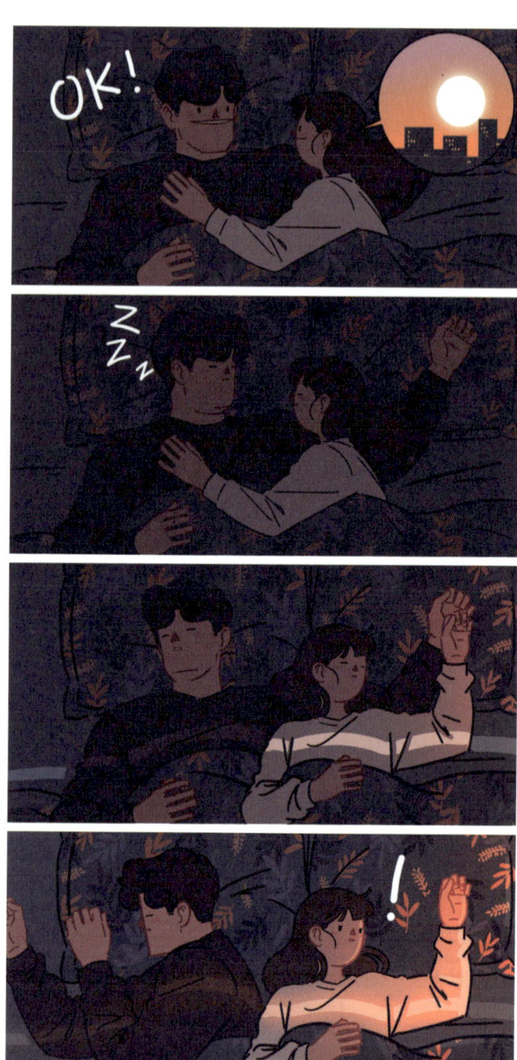
OK!

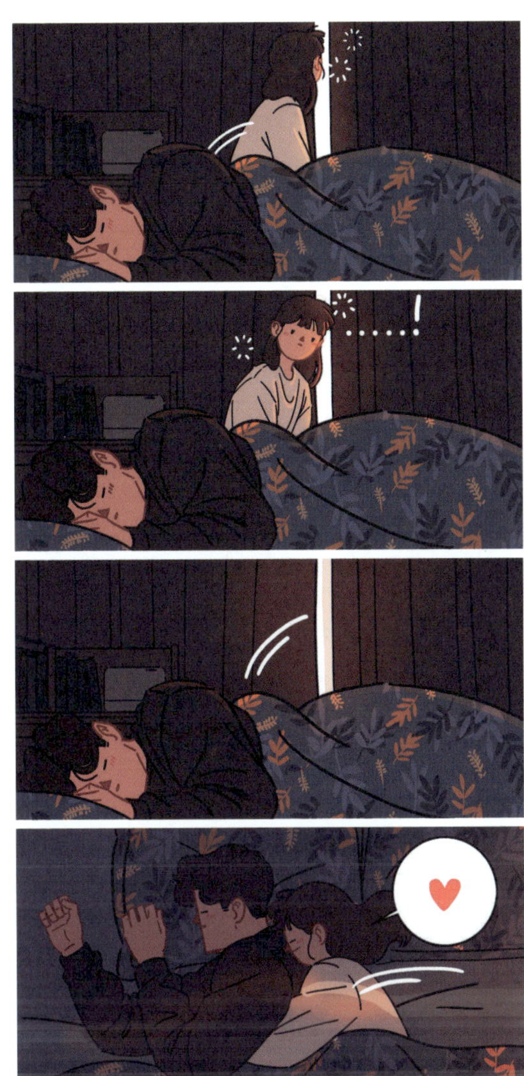

둘. 오래 함께하고 싶어요

우리만의 작은 축제

수기

그림이 마음에 들게 그려지면

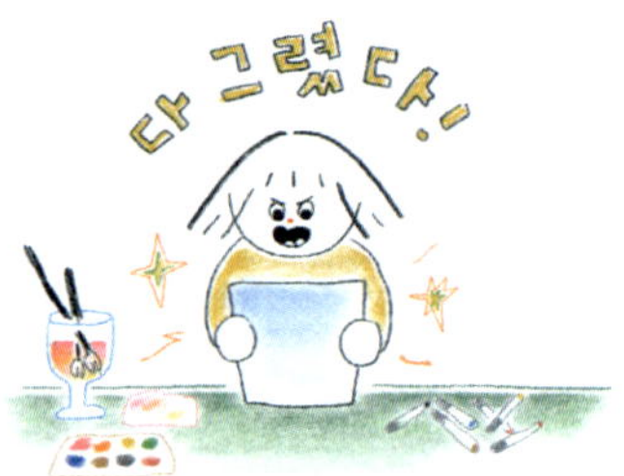

나는 그걸 가지고 곧장 네게로 가.

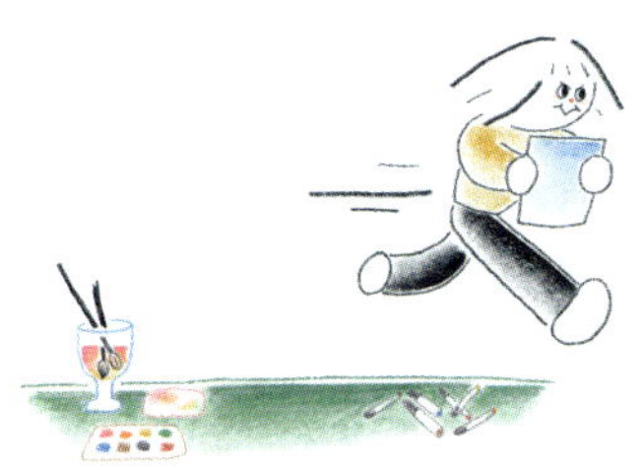

"이것 봐!" 하고 보여주면

너는 "와, 잘했다~!" 하고 안아줘.

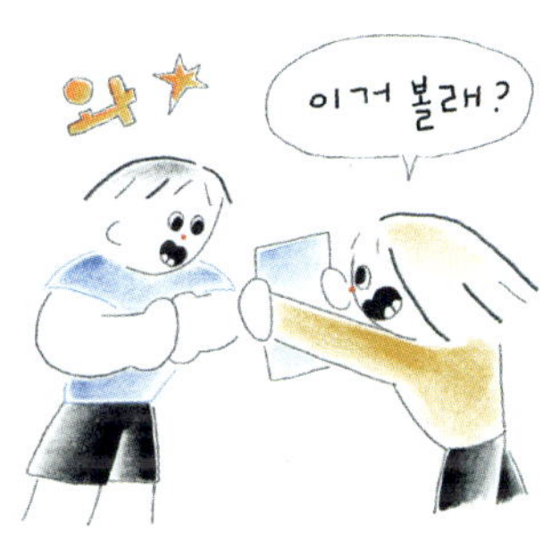

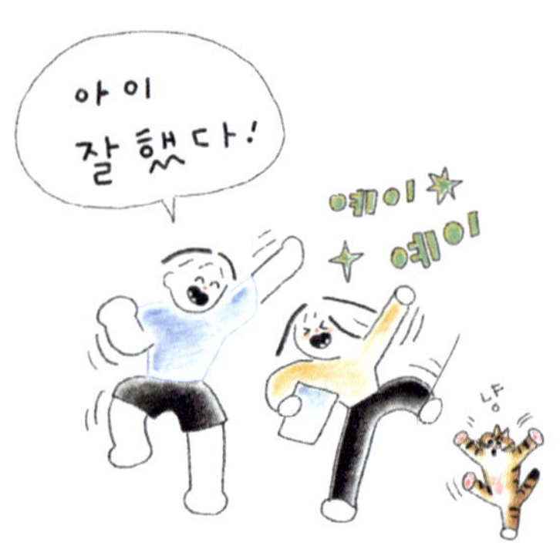

그럼 나는 입꼬리와 고개를 한껏 추어올리고
골을 넣은 축구선수처럼 의기양양해져.

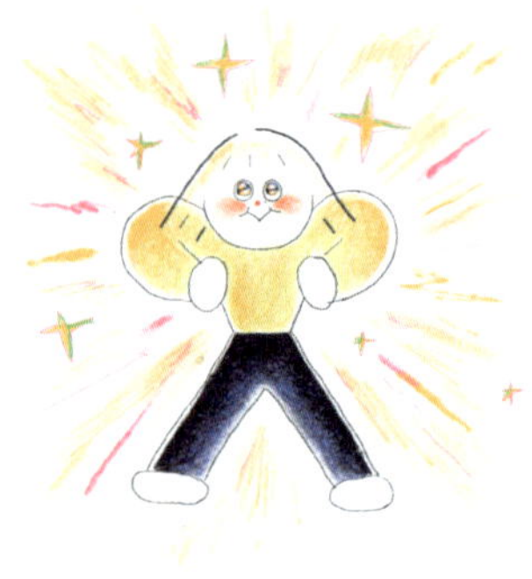

그럼 너는 "귀엽다", "예쁘다" 하며 뽀뽀해주지.

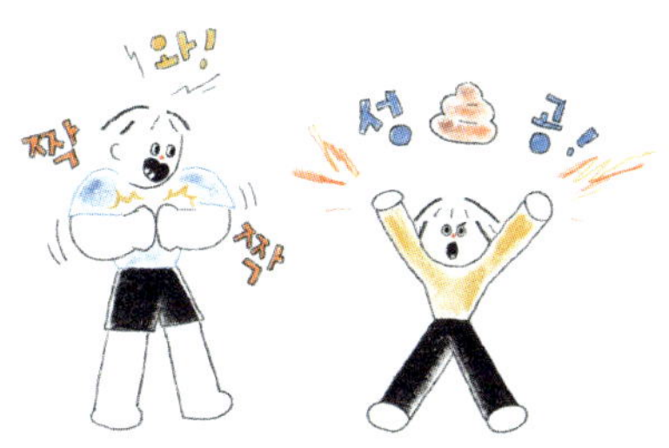

응가 성공을 축하해주기,
방에 갈 때 손잡고 데려다주기,
노래 부를 때 서로 코러스 넣어주기.

나는 이런 우리만의 작은 축제가 참 좋아.

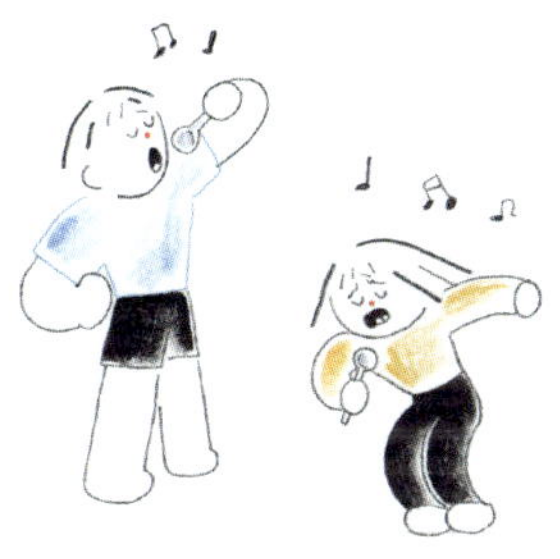

네가 행복한 게 좋아

규영

어렸을 적, 학교에서 받아쓰기 점수를 잘 받은 날이나 그림을 잘 그려서 상이라도 받은 날에는 곧장 집으로 달려가 엄마한테 제일 먼저 보여줬던 게 기억나. 그 어린 마음에도 나의 행복을 진심으로 축하해줄 사람이 엄마뿐이라는 것을 알았던 거지.

생각해보면, 다른 사람의 행복을 내 일처럼 기뻐할 수 있는 건 참 어려운 일이잖아. 아무리 친한 친구라 해도 선뜻 그런 마음이 들진 않으니까.

근데 사랑으로 맺어진 인연에게는 언제나 마음이 열리는
것 같아. 너의 기쁨이 나의 기쁨이 돼. 그 사람을 사랑하는
순간 나도 모르게 그런 마음이 생기는 거지.

사랑이라는 감정이 정말 대단하지 않아?

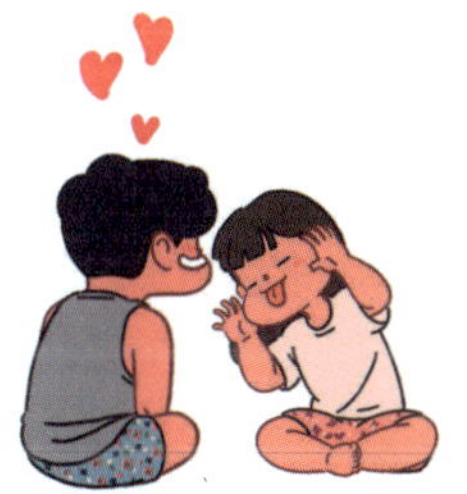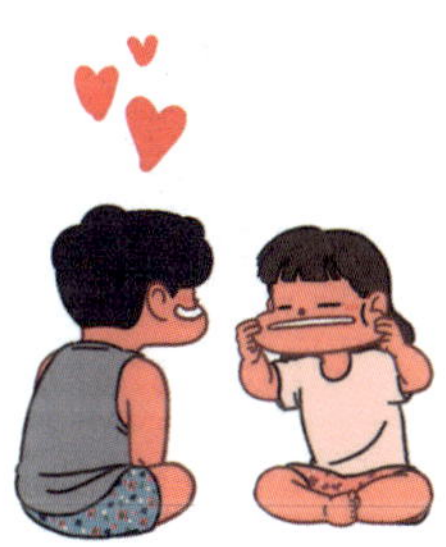

둘. 오래 함께하고 싶어요

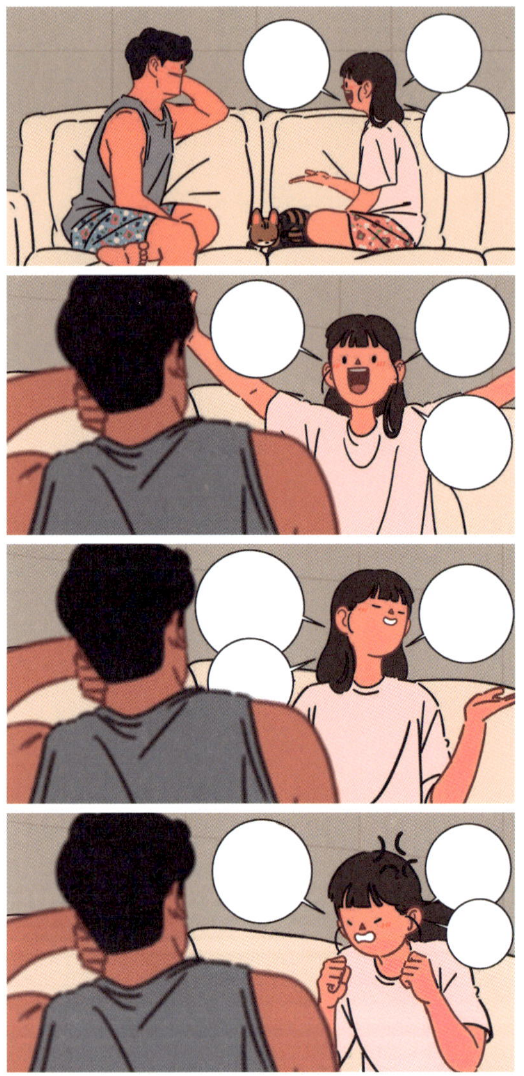

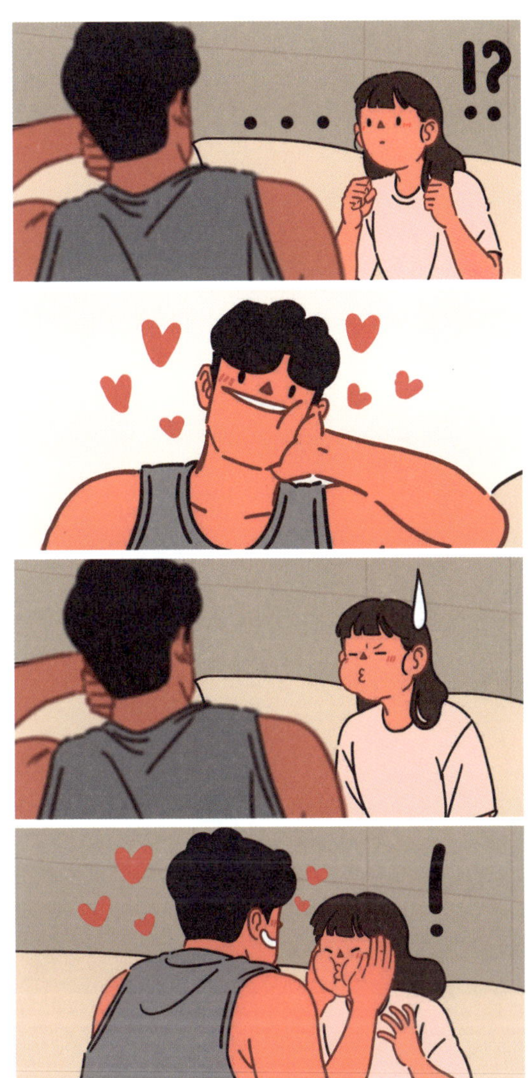

둘. 오래 함께하고 싶어요

나는 단명할 거야

수기

과학적으로 증명된 사랑의 유통기한은
1년에서 17개월까지래.

이 기간 이상 사랑이 지속되면
뇌가 너무 많은 에너지를 쓰게 되어서
건강이 나빠진대.

나는 단명할 거야.

수영을 다시 시작했다

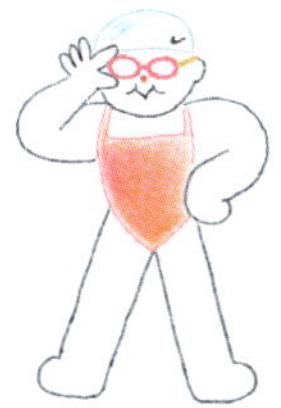

수업 중반을

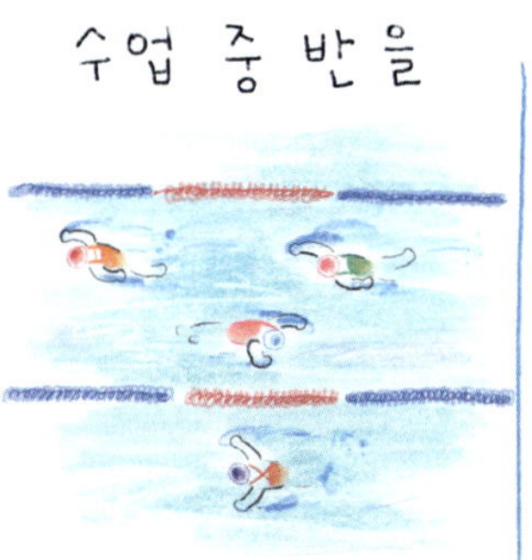

누워 있었다

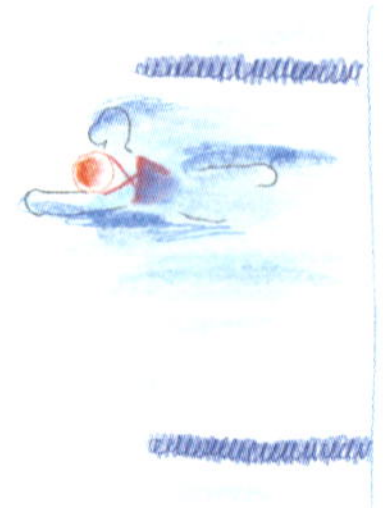

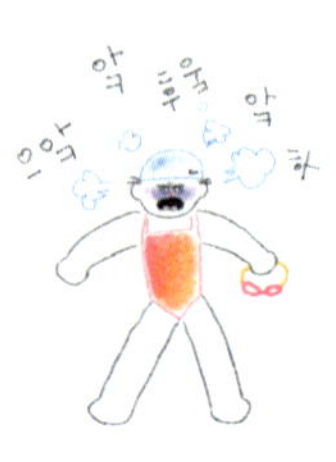

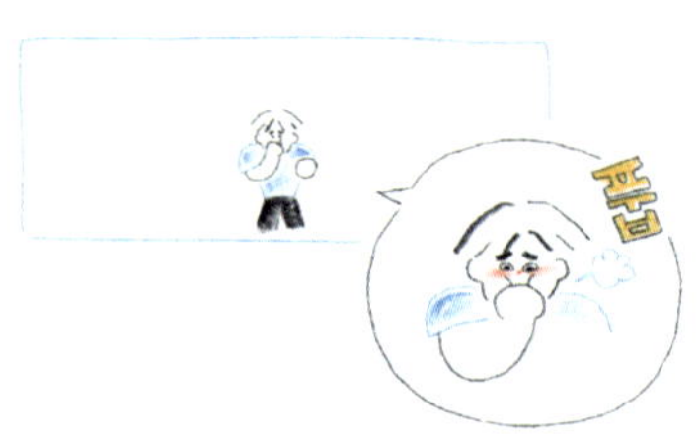

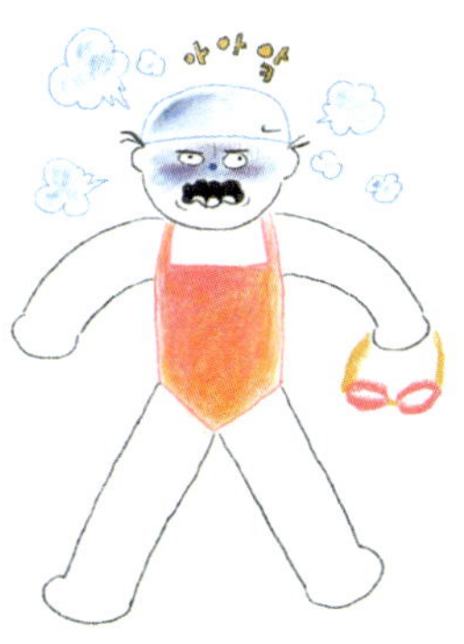

아, 어차피 단명할 거면
이렇게 힘든 운동 같은 건
굳이 안 해도 되는 거 아니야?

사랑을 했으면

규영

요즘 사회적으로 남녀가 편을 나누어 싸우는 모습을 보면 마음이 좋지 않아. 너무나 예민한 문제이기도 하고 그들에게 얼마나 큰 상처가 되는지는 내가 감히 헤아릴 수 없어서 말하는 것도 조심스럽지만, 안타까운 마음이 드는 건 어쩔 수 없는 것 같아.

서로 사랑해야 할 남녀가 왜 싸워야 할까. 이런 고민을 하다가 '남녀가 다르다는 건 분명하니까, 서로 부족한 부분은 이해하고 채워가면서 함께하면 좋지 않을까?' 하고 생각했어.

너무 뜬구름 같은 이야기일지도 모르지만, '세상에 힘든 일이 가득한데 이런 일로 싸우고 힘들어하지 않았으면' 하는 마음뿐이야. 우리가 미워해야 할 사람들은 세상을 나쁘게 만드는 사람들뿐일 테니까, 우리는 행복한 사랑을 했으면 좋겠어.

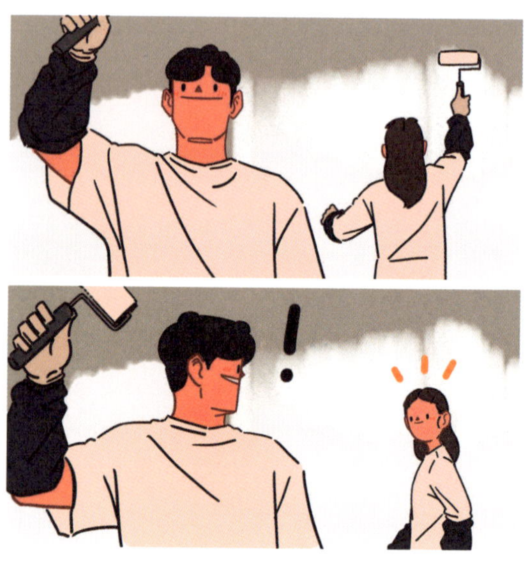

가끔 등질 일이 생기곤 하지만

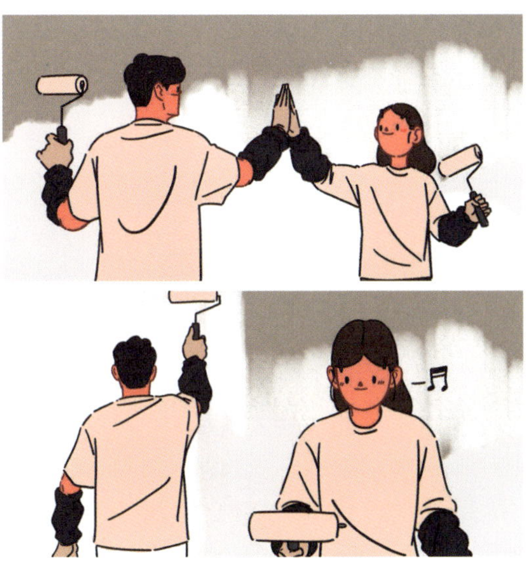

그래도 사랑을 했으면……

두 눈이 마주친 순간

수기

보기만 해도 그렇게 좋냐고?

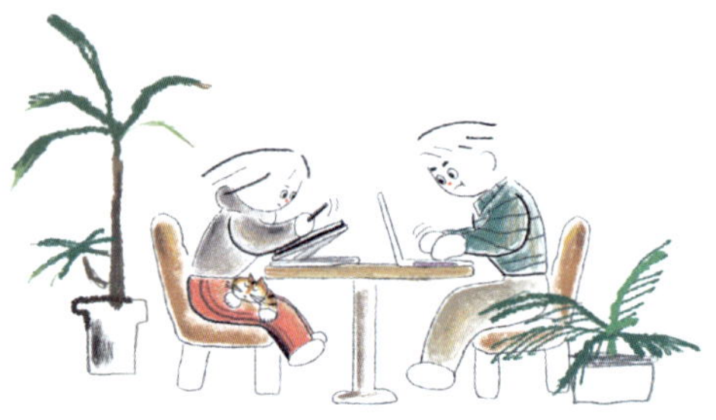

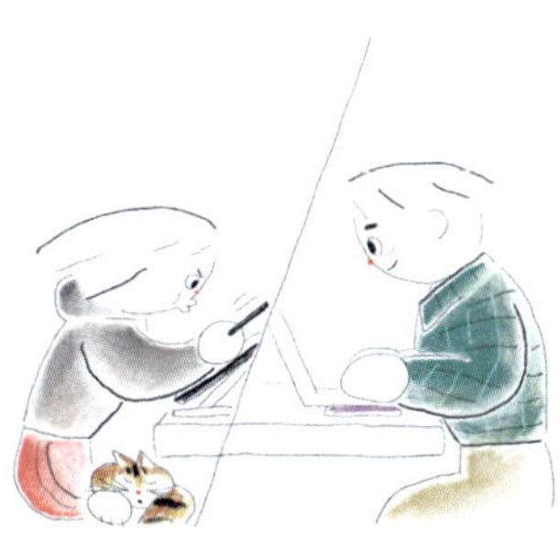

어떻게 안 좋을 수가 있어.
눈이 마주쳤는데.

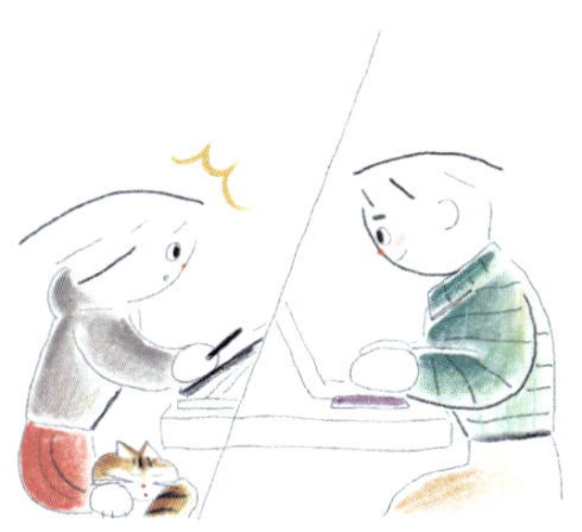

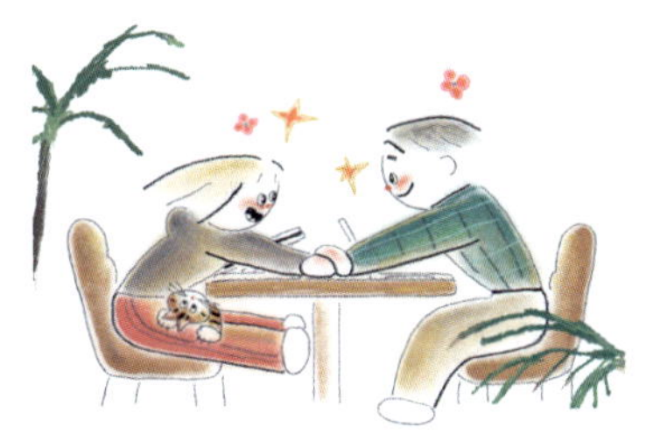

너라서 좋아

규영

'내가 왜 좋아?'라는 물음에 '좋아하는 데 이유가 어디 있어'라는 대답은 맞는 말인 것 같아. 나도 모르게 시작된 마음이라서 너를 좋아하게 된 이유는 잘 모르지만, 너라서 좋은 이유는 정말 많거든.

네가 서투르게 주먹 쥐고 젓가락질하는 것도, 도로에 심어놓은 가지 잘린 나무들을 불쌍해하며 티슈를 반으로 찢어 두 번에 나눠 쓰는 것도, 고민이 생겼을 때 만화 캐릭터처럼 손을 브이자 모양으로 하고 턱을 문지르는 것도 좋아. 우리 말을 알아듣지도 못하는 치치한테 외출할 때

마다 어디 갔다 온다고 말하는 것도 좋아. 그렇게 네가 점
점 더 좋아져.

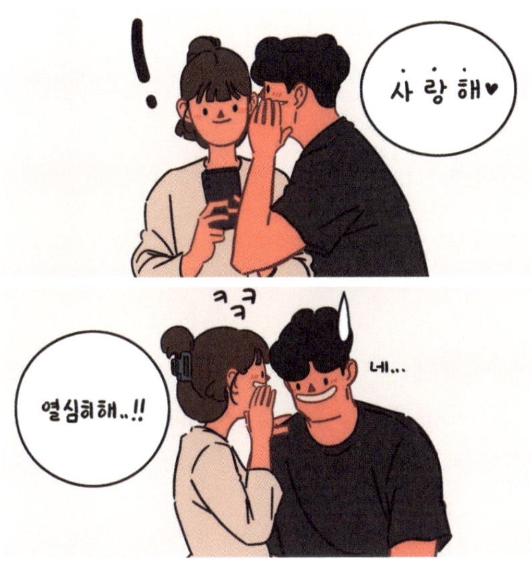

쭉 사랑하는 방향으로

수기

말에는 힘이 있어서, 그 말이 이끄는 곳으로 가게 된다는 것을 믿어. 근데, 어쩔 땐 그것이 조금 불합리하게 느껴져. 정말 힘들어서 힘들다고 말할 수밖에 없을 땐, 계속 힘든 방향으로 가게 된다는 뜻이 될 수 있으니까.

이번 생에서 '사랑해'라는 말을 몇 번이나 할 수 있을지 모르겠지만, 되도록 많이 많이 하고 싶어.

사랑해. 고마워. 네 덕에 나는 정말이지 행복해.

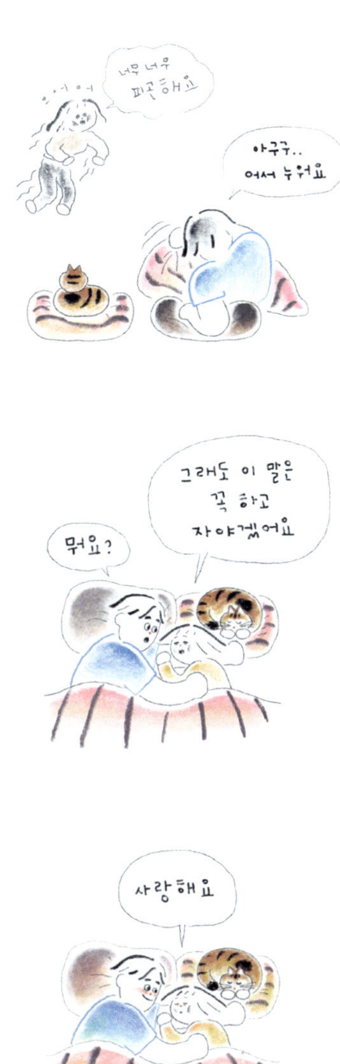

둘. 오래 함께하고 싶어요

어떤 표현이 좋을까

규영

나는 너에게 '불쌍해'라는 말을 참 많이 해. 행복하다고 말하는 널 보고도 "불쌍해" 하고 말하니까. 이 상황에서 사랑한다는 말이 아니라 불쌍하다는 표현은 썩 어울리지 않지. 그런데 그 말에는 별것 아닌 것에도 행복해하는 널 향한 고마움도, 내가 더 좋은 것도 못 사주고 더 행복하게 해주지도 못했다는 미안함도 담겨 있어. 사실 사랑하는 데 자책할 필요는 없는데 말이지. 사랑을 주는 데 있어서 '이 정도면 됐지'라는 건 없잖아. 주고 또 주어도 끝도 없이 또 주고 싶어지지.

그래도 행복하다는 사람 앞에서 불쌍하다는 말을 하는 게

좋은 것 같지는 않아. 그러니 앞으로는 불쌍하다는 말보
다는 다른 표현을 찾아볼게.

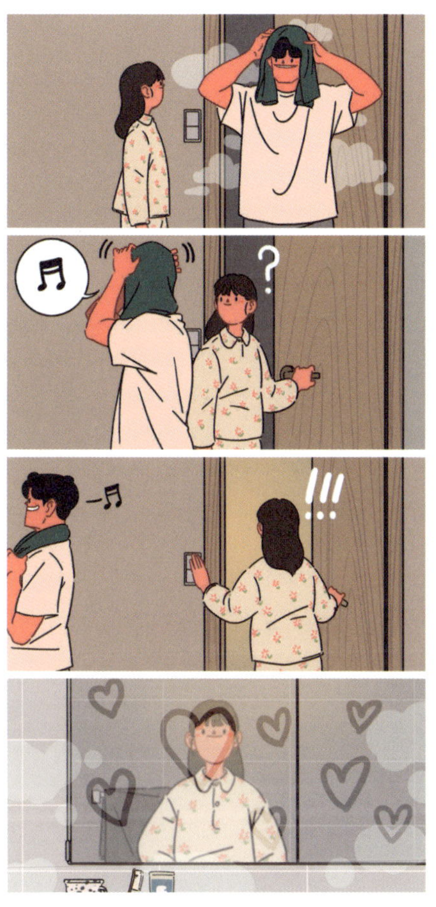

둘. 오래 함께하고 싶어요

참 다행이다

수기

치치는 조심성도 많고 겁도 많은 고양이야.
손님이 오면 갈 때까지 숨어서 나오지 않고,
작은 소리에도 바닥에 배를 붙이고 재빨리 도망가.
넌 이런 치치의 모습을 좋아하지 않더라.
사람은 자신의 결점이 보이는 상대에게
쉽게 거부감을 느끼고
그 결점이 보완된 사람에게 끌린다는데,
우리의 결점이 통해서 참 다행이야.

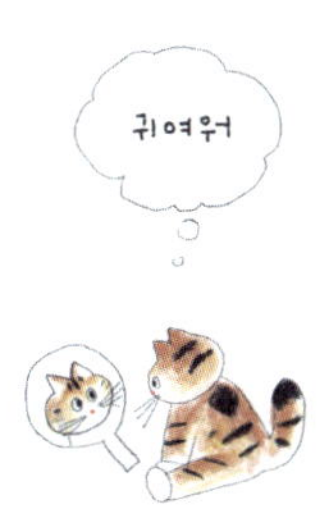

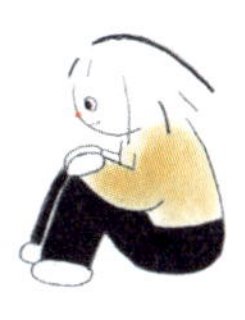

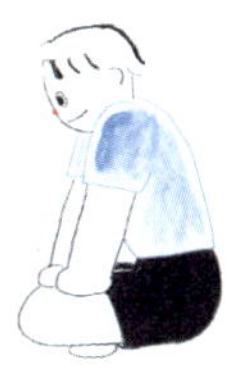

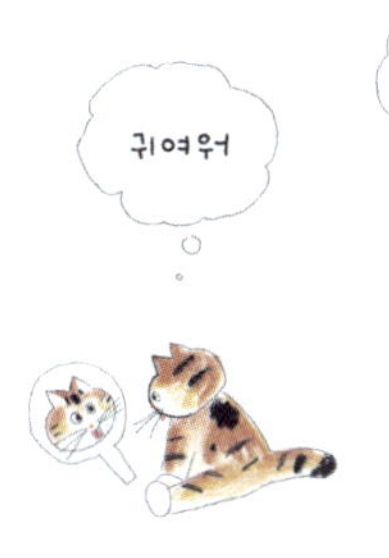

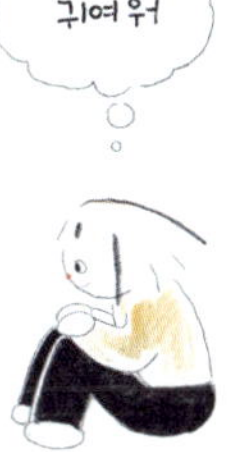

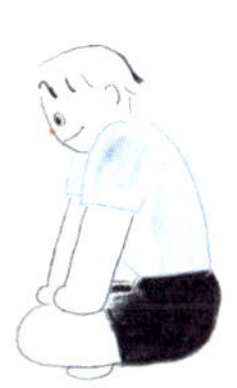

둘. 오래 함께하고 싶어요

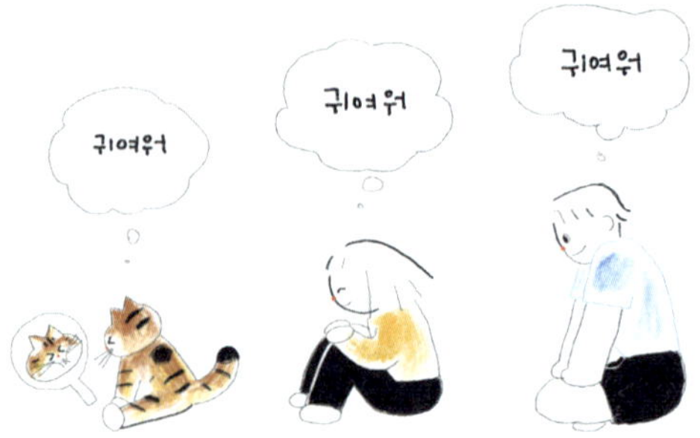
귀여워
귀여워
귀여워

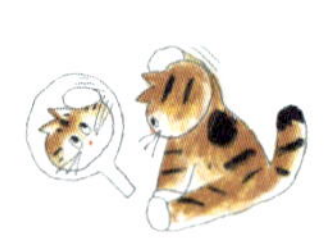

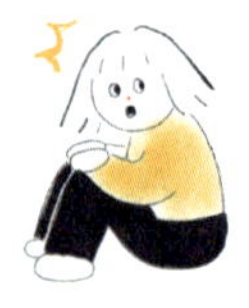

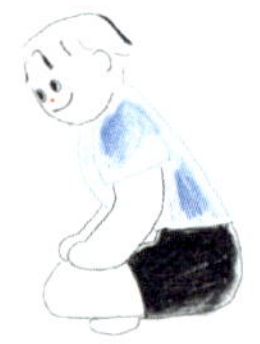

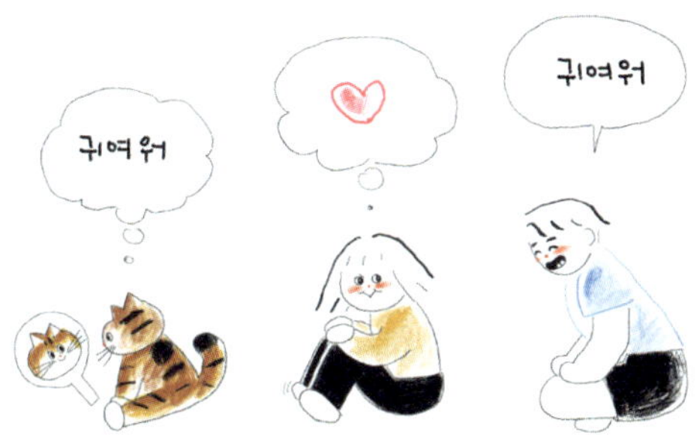

둘. 오래 함께하고 싶어요

나를 잘 알고 있는 사람

규영

연인들이 거울에 비친 자신들의 모습을 사진 찍는 것처럼, 우리도 쇼핑 매장 거울이나 골목길 오목거울을 발견하면 그냥 지나치지 못하고 꼭 사진을 찍곤 하지. 문득 '거울을 보면 왜 사진을 찍고 싶어 할까?' 하는 의문이 들었어. 근데 생각해보니 우리 둘의 모습을 볼 수 있는 방법이 사진을 찍거나 거울을 보는 것 말고는 없더라고. 참 당연한 건데, 생각할수록 기분이 묘해졌어.

그리고 이런 생각도 들었어. 내가 내 모습을 볼 수 있는 방법도 거울밖에 없다는 생각 말이야. 내 모습이지만 거울이나 사진같이 제2의 다른 무언가를 통해서만 나를 볼 수 있는 거야. 내 모습을 실시간으로 볼 수 있는 사람은 내가 아닌 다른 누군가뿐이고.

자연스레 '그렇다면 나를 제일 많이 보는 사람은 누굴까?' 하는 의문이 들었고, 당연히 '너겠구나' 하고 답이 나왔지. 내가 아무리 거울을 자주 들여다본다고 해도 함께 사는 너보다 더 많이 내 모습을 볼 수는 없을 거야. 그렇게 생각하니, 어쩌면 네가 나보다 나를 더 잘 아는 부분이 있겠다 싶었어. 결론은 내 고집을 부리기보다는 네가 해주는 말을 잘 들어야겠다는 거야. 오늘의 생각 끝!

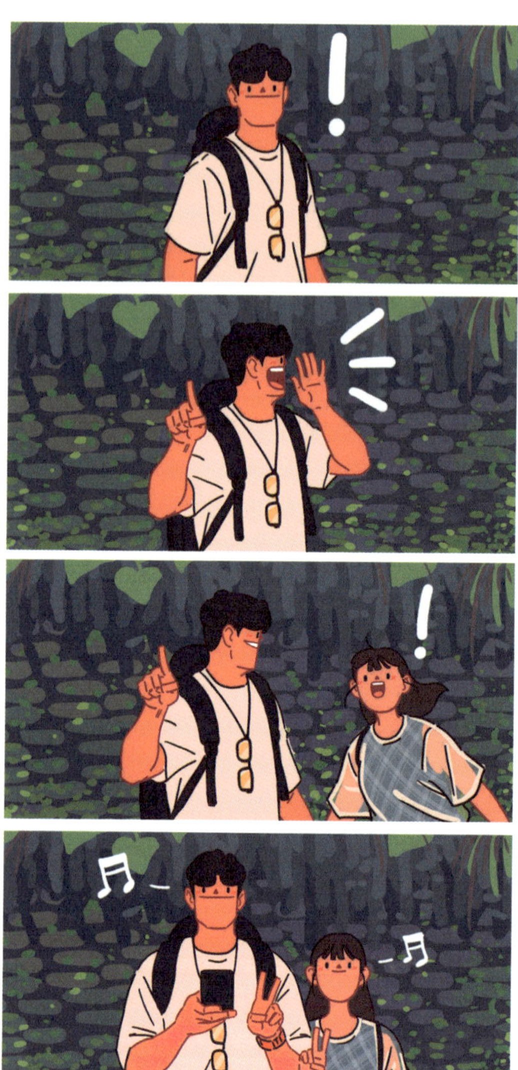

둘. 오래 함께하고 싶어요

나만큼이나 나를 더 잘 아는 사람……

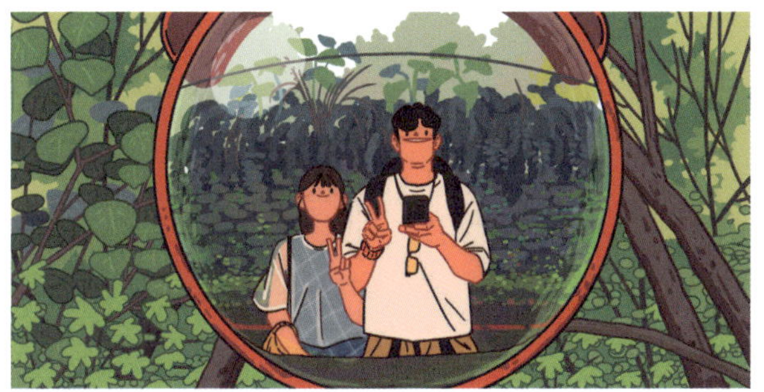

바로, 너

뒤돌아보는 마음

수기

"다음에 또 만나."

인사하고 헤어질 때,
다시 뒤돌아보았는데 상대방이 등을 보이고 있으면
그게 그렇게 서운한 거야.
함께 보낸 시간마저 얼어버릴 것같이.

그래서 언젠가부터는 쿨한 척 뒤돌아보지 않아.
내가 얼어버리느니
얼려버리는 게 나을 것 같았거든.

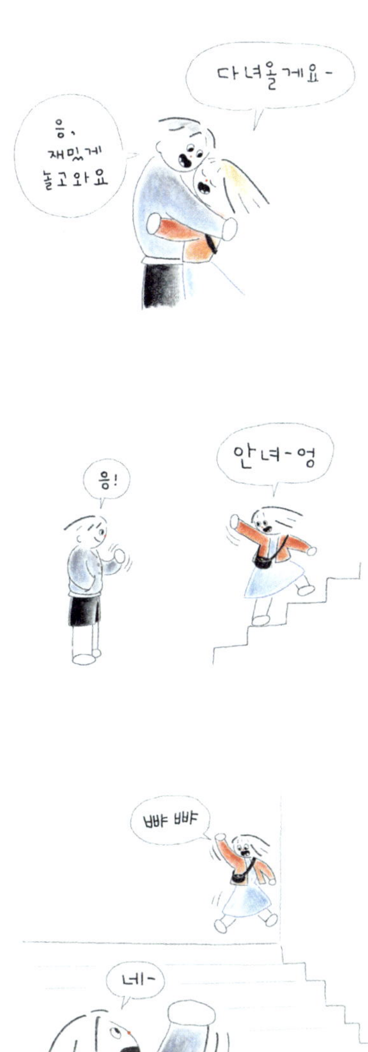

둘. 오래 함께하고 싶어요

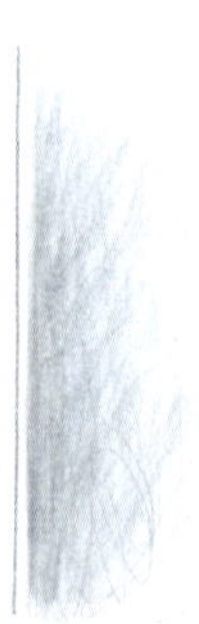

근데 너랑 헤어질 때는
내가 한 걸음을 채 딛기도 전에 뒤돌아보고 있더라.
너의 뒷모습이라도 한 번 더 보고 싶어서.

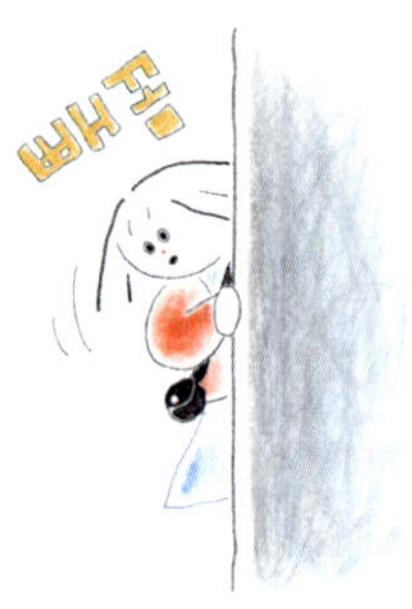

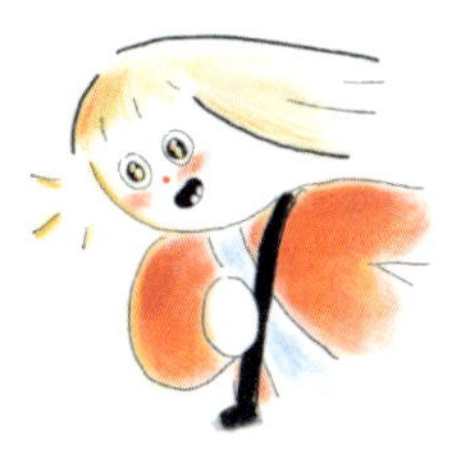

근데,
너의 뒷모습을 본 적이 없더라.

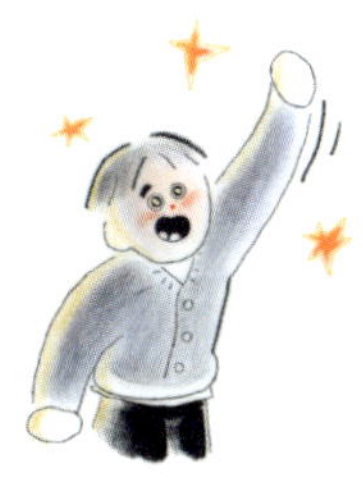

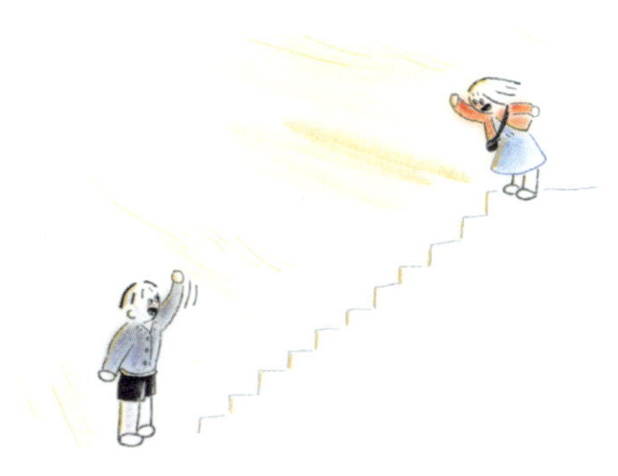

또 봐도 반가워

규영

반갑다는 표현은 첫 만남이나 오랜만에 만나는 사람에게 쓰다 보니, 반가움의 정도가 시간에 비례하는 줄 알았어.

근데 이제 와서 보니, 반가움은 시간이 아니라 상대를 향한 마음의 크기에 비례하는 것이었어.

그래서 나는 늘 네가 반가운 거야.

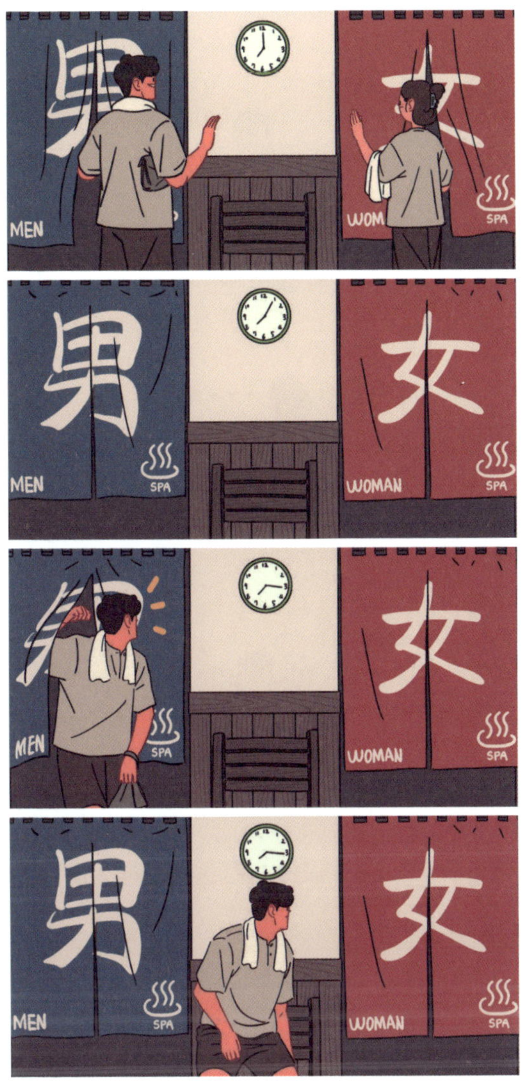

둘. 오래 함께하고 싶어요

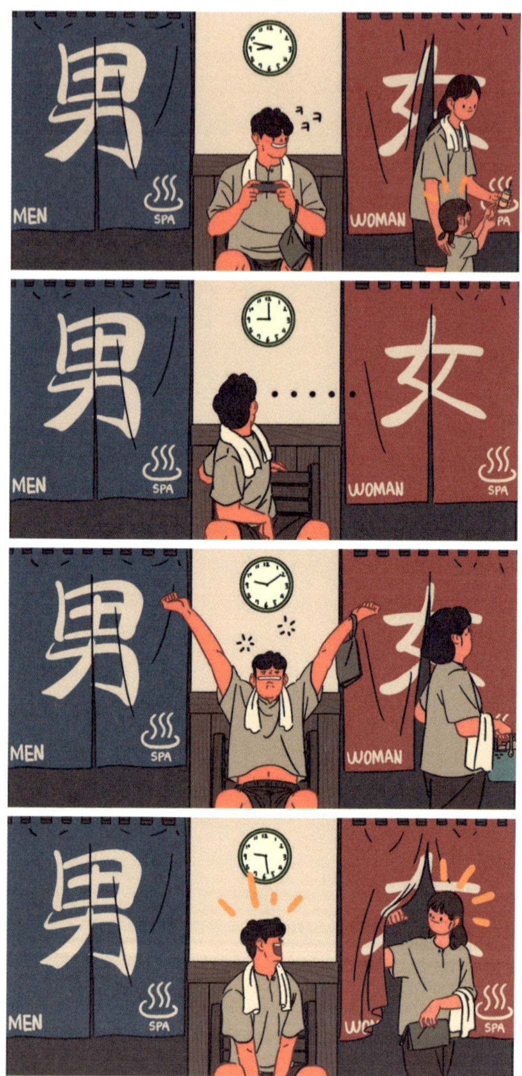

男
MEN
SPA
女
WOMAN
SPA
男
MEN
SPA
女
WOMAN
SPA
男
MEN
SPA
女
WOMAN
男
MEN
SPA
WO
SPA

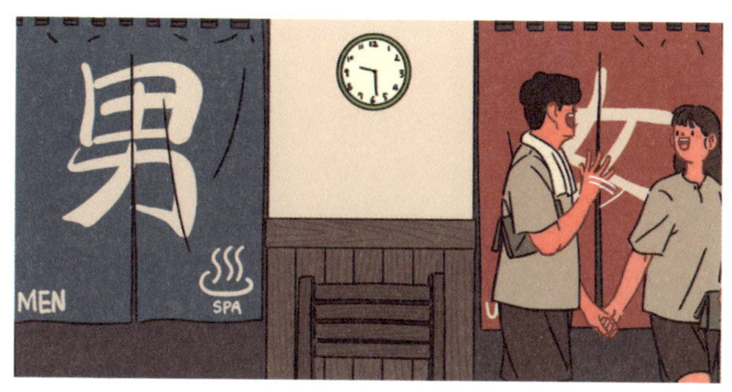

언제 봐도 네가 늘 반가워

우리, 닮아가나 봐

수기

너는 얼굴이 갸름한데, 나는 똥그랗고
너는 눈썹이 진한데, 나는 반밖에 없어.
너는 입이 큰데, 나는 작고
너는 코가 빼쭉 높은데, 나는 둥그렇게 낮아.

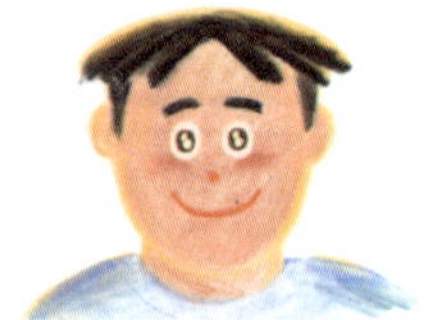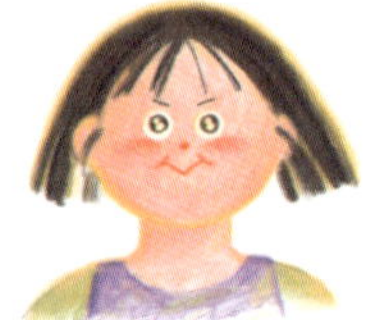

우린 이렇게 다르게 생겼는데도
닮았다는 이야기를 종종 들어.

우린 웃음소리가 닮아졌고,
네 얼굴에선 내 표정이 자주 보여.
나의 말끝에 올 너의 대답을 알고 있고,
"찌찌뽕!"의 순간이 더 많아졌지.
신날 때 추는 춤이 비슷해졌고,
서로의 리듬을 잘 알고 있어.
우리가 함께 나눈 시간이 우리의 얼굴을 빚어가나 봐.

고운 흙과 맑은 물로
천천히 생을 빚어가다가
나~중에 "둘이 부부 아니랄까 봐 똑 닮았네!"라는
이야기를 듣고 싶어.

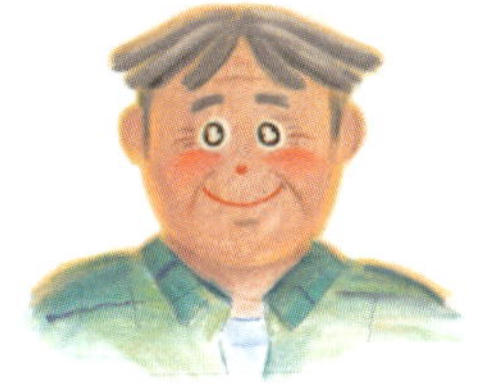

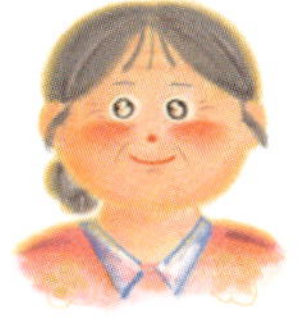

웃게 해줄게

규영

넌 웃는 모습이 참 예뻐. 네가 웃을 때 행복해지거든.

나는 얼굴 표정에 그 사람이 살아온 시간이 담겨 있다고 생각해. 그중에서도 웃는 얼굴에는 그 사람이 행복한 순간들을 어떻게 받아들였는지가 보이는 것 같아. 보통 우리가 살면서 좋은 일이나 행복한 일이 생기면 웃으니까.

그래서 웃는 모습이 밝고 예쁜 사람을 보면 '이 사람은 작은 것에도 행복하다고 느낄 줄 아는 사람이구나' 싶어. 또 그런 사람의 웃음에서는 행복 에너지가 있어서 옆에 있는 나도 덩달아 행복해지지.

나는 너의 웃는 모습이 참 좋아. 그래서 또 다짐해. 네가
웃을 수 있는 일을 더 많이 만들어주겠다고. 아자!

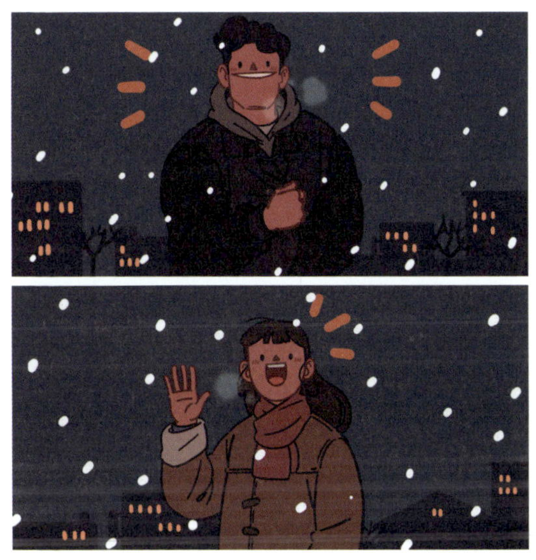

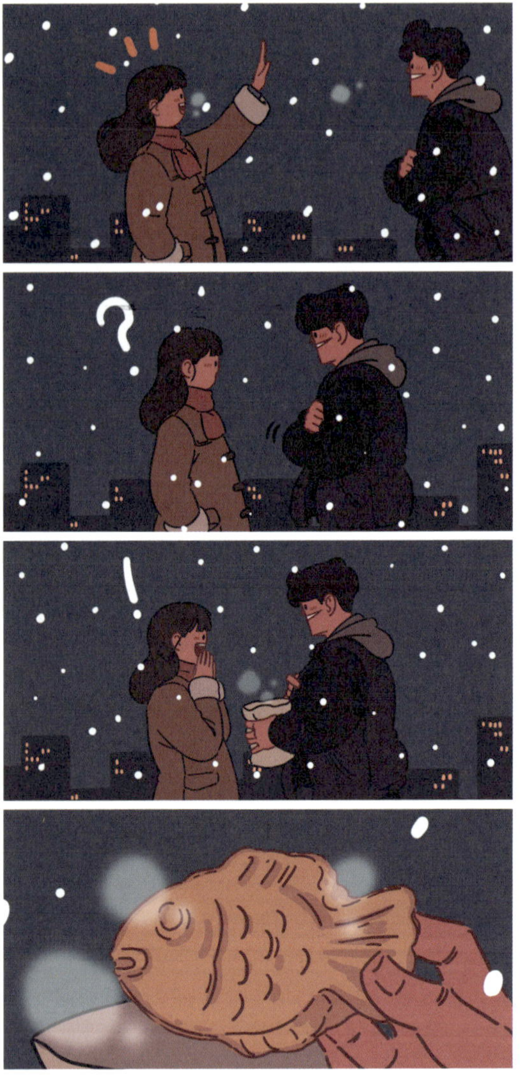

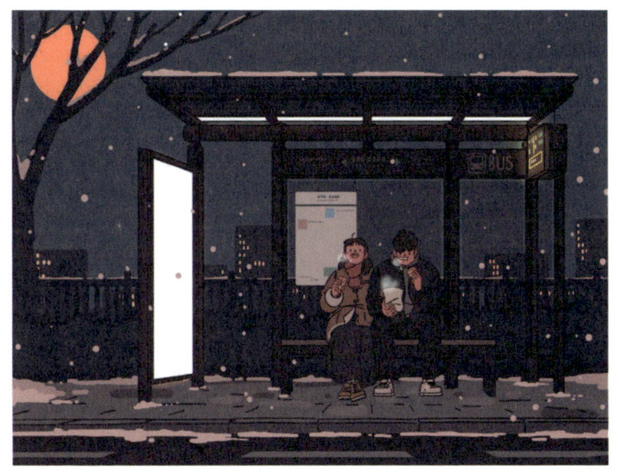

네가 더 많이 웃을 수 있었으면……

너랑 있으면 행복이 스르르

초판 인쇄 2025년 7월 18일
초판 발행 2025년 7월 25일

지은이 규영, 수기
펴낸이 사공훈
편집 유혜림
디자인 노유진
기획 김명준
경영지원 박종석
제작지원 F83프로젝트
펴낸곳 주식회사 오티디코퍼레이션
출판등록 2023년 9월 19일 제2023-000092호
주소 서울특별시 용산구 대사관로34길 21 영풍빌딩 5층(한남동)
대표전화 070-8822-2412 | 전자우편 anb_publish@otdcorp.co.kr
ISBN 979-11-989783-3-2 (03810)